創批詩選 ⑮

朴龍來 詩全集

먼 바다

창비

차　례

제 1 부　鶴의 落淚

2

제2부　白髮의 꽃대궁

4

제 3 부 강아지풀

제 4 부　싸락눈

제 1 부

鶴의 落淚

감　새

감새
감꽃 속에 살아라

주렁주렁
감꽃 달고

곤두박질 살아라

동네 아이들
동네서 팽이 치듯

동네 아이들
동네서 구슬 치듯

감꽃
노을 속에 살아라

머뭇머뭇 살아라

감꽃 마슬의
외따른 번지 위해

감꽃 마슬의
조각보 하늘 위해

그림 없는
액자 속에 살아라

감꽃
주렁주렁 달고

감새,

<遺稿, 心象·1984. 10>

五柳洞의 銅錢

한때 나는 한 봉지 솜과자였다가

한때 나는 한 봉지 붕어빵였다가

한때 나는 坐板에 던져진 햇살였다가

中國집 처마밑 鳥籠 속의 새였다가

먼 먼 輪廻 끝

이제는 돌아와

五柳洞의 銅錢.

<遺稿, 心象・1984. 10>

뻐꾸기 소리

외로운 시간은

밀보리빛

아침 열시

라디오 속

뻐꾸기 소리로 풀리고

아침 열시 반

창 모서리

개오동으로 풀리고

그림 없는 액자 속

풀리고, 풀리고

갇힌 방에서

외로운 시간은

<遺稿, 韓國文學・1984. 10>

꿈속의 꿈

地上은 온통 꽃더미 沙汰인데

진달래 철쭉이 한창인데

꿈속의 꿈은

모르는 거리를 가노라

머리칼 날리며

끊어진 弦 부여안고

가도 가도 보이잖는 出口

접시물에 빠진 한 마리 파리

파리 한 마리의 나래짓여라

꿈속의 꿈은

地上은 온통 꽃더미 沙汰인데

살구꽃 오얏꽃 한창인데

<遺稿, 韓國文學·1984. 10>

陰　　畫

　몽당연필이 촘촘 그리는 낙엽, 서리, 서릿발의　입김.
땅재주 넘는 난장이. 불방망이 돌아 접시의 落下. 말발굽
소리. 촘촘 창틀에 그리는 새, 홍시, 홍시의　꼭지. 어려
라. 콧등이 하얀 원숭이.

<世界의　文學·1980. 겨울>

육십의 가을

──거기
그 자리.
봉선화 주먹으로 피는데
피는데

밖에 서서 우는 사람
건듯 갈바람 때문인가,

밖에 서서 우는 사람

스치는 한점 바람 때문인가,

정말?

<世界의 文學·1980. 겨울>

첫   눈

눈이 온다 눈이 온다
담 너머 두세두세
마당가 마당개
담 너머로 컹컹

도깨비 가는지
'한숨만 참자'
낮도깨비 가는지

<世界의 文學·1980. 겨울>

먼 바다

마을로 기우는
언덕, 머흐는
구름에

낮게 낮게
지붕 밑 드리우는
종소리에

돛을 올려라

어디메, 막 피는
접시꽃
새하얀 매디마다

감빛 돛을 올려라

오늘의 아픔

아픔의
먼 바다에.

<韓國文學·1980. 11>

손 끝 에

"토담 너머 호박꽃 물든 노을 속 논둑 개구리 밟을까봐
까치걸음 하던 어린 날의 崔鍾泰."

비둘기, 독수리
같은
새 한 마리
안고
외길
가는
崔鍾泰의
벙거지
밀잠자리, 왕잠자리
따르고
丹環 빚는
손끝에
타는 듯
봉선화

오 보이잖는
길
때론 삐딱이
주막
찾는,

〈選美術・1980. 가을〉

草堂에 梅花

先輩 張泳暢님 回甲에

김장 마늘 몇 쪽 시렁 위 호리박에
두었더니, 움이 트고 촉이 나서 푸르
른 아침. 이스락 줍던 萬頃江 기슭,
늙은 漂母의 방망이 소리. 물총새 함
께 아니 기쁘랴.

草堂에 梅花.

<청파문학 · 1980. 10>

점 하나

꿈꾸는

아가 눈 밑에 깨알

점 하나

잠자는

아빠 눈 밑에 깨알

점 하나

샘가,

확독에

백년이 흘러

섬돌에 맨드라미

피는 날

맨드라미 꽃판에

깨알점

한 됫박

눈물받이 눈물점

<主婦生活・1980. 9>

열 사 흘

부엉이

은모래

한 짐 부리고

부형 부형

부여 무량사

부우형

열사홀

부엉이

은모래

두 짐 부리고

부형 부형

서해 외연도

부우형

<現代文學 • 1980. 8>

명 매 기

全州 多佳公園
날던 명매기
公州山城에서
우짖누나

오늘의 구름
그제 같은데
백년이 흐른 듯
천년이 흐른 듯
묵은 日曆 너머
菖蒲 피는데

소인 없는 사연
감꽃 지누나

<現代詩學・1980. 8>

보   름

官北里 가는 길

비켜 가다가

아버지 무덤

비켜 가다가

논둑 굽어보는

외딴 송방에서

샀어라

성냥 한 匣

사슴표,

성냥 한 匣

어메야

한잔 술 취한 듯

하 쓸쓸하여

보름, 쥐불 타듯.

<韓國文學·1980. 5>

앵두, 살구꽃 피면

앵두꽃 피면
앵두바람
살구꽃 피면
살구바람

보리바람에
고삐 들릴세라
황새목 둘러주던
외할머니 목수건

<現代文學·1980. 8>

버드나무 길

맘 천근 시름겨울 때
천근 맘 시름겨울 때
마른 논에 고인 물
보러 가자.
고인 물에 얼비치는
쑥부쟁이
염소 한 마리
몇 점의 구름
紅顔의 少年같이
보러 가자.

함지박 아낙네 지나가고
어지러이 메까치 우짖는 버드나무
길.

마른 논에 고인 물.

<현대시학·1980. 4>

扶　　餘

　피끌 소리 넘치는 눈먼 石佛, 물꼬 보러 가듯 가고　없더라. 질경이 씹으며 동저고릿 바람으로.

　노을 잠긴 국말이집 상머리 너머 歲月, 앉은뱅이꽃.

　언덕 하나 사이 두고 언덕, 징검다리뿐이더라.

<心象・1980. 3>

오   호

박고지 말리는 狼山골

학이 된 百結 선생

돗자리 두르고 두르고

거문고 줄 고르면

홋홋 밭머리 흩어지는

새떼

마당 가득 메워

더러는 굴뚝 모퉁이

떨어지는 메추라기

오호 한 잔의 이슬

<文學思想·1980. 2>

겨레의 푸른 가슴에 祝福 가득

新年詩

눈을 밟는다.
자욱 자욱
옷깃 세우고
뜨거운 입김으로
자욱 자욱 밟는다.
신생의 1980년

새해 새 아침

가슴을 연다.
아슴 아슴
목마름 축이고
일렁이는 징소리로
아슴 아슴 연다.
푸른 가슴에
깃든 푸른 미래

우러러 우러러

겨레의 슬기
겨레의 끈기
겨레의 믿음
겨레의 긍지

우러러 우러러
연을 띄운다.
가오리연
까치연
수박연
무지개연
축복 가득 띄운다.
방방곡곡
집집마다
염원의 1980년

새해 새 아침

팽이를 돌린다.
쌩쌩
빛나는 얼음판
쉬지 않고
쌩쌩 돌린다.

진정한 자유
진정한 평등
진정한 평화
진정한 진정한

위하여 위하여

쌩쌩 돌린다

출범의 고동
출범의 맥박
겨레의 영원
겨레의 詩

위하여 위하여

열린다
열린다

順理의 하늘 門.

<忠淸日報 · 1980. 1. 1>

使 役 詞

아카시아철에는 아카시아

밤꽃철에는 밤꽃

싸리꽃철에는 싸리

四方 十里를

윙윙 꿀물을 따는 암펄

아랫녘은 한라산

윗녘의 오대산

지리산 속속들이

八方 十里를

윙윙 꿀물을 따는 암펄

연자매 돌듯

경단을 빚듯

물기 머금 풍경 1

뭣하러 나왔을까

멍멍이,

망초 비낀 논둑길

꼴 베는 아이

뱁새

돌아갔는데

뭣하러 나왔을까

누굴 기다리는 것일까.

솔밭에 번지는

喪家의

불빛.

<文學思想·1980. 2>

물기 머금 풍경 2

반쯤 들창 열고 본다.

드문드문 상고머리 솔밭
넘어가는 누런 해
반쯤만 본다.
잉잉 우는 전신주
귀퉁이에 매달린 연 꼬리
아슬히 비낀 소년의 꿈도

반의 반쯤만 본다.

비가 올 것인가.

눈이 올 것이다.

<엘레강스 · 1979. 12>

저 물 녘

지렁이 울음에

비스듬 문살에

반딧불 달자.

秋風嶺 넘는

아랫녘 체장수

쳇바퀴에도 달자,

가을 듣는

당나귀 갈기에도.

<文學思想·1979. 11>

제 비 꽃 2

수숫대 앙상한 육·이오의 하늘. 어쩌다 襤褸를 걸치고
내 먹이 위해, 半裸의 거리 변두리에 주둔한 미군부대의
차단한 病棟, 한낱 사역부로 있을 때. 하루는 저물녘 동
부전선에선가 후송해 온 나어린 異國兵士. 그의 얄팍한 手
帖 갈피에서 본, 접힌 나비 모양의 꽃이파리 한 잎. 수줍
은 듯 살포시 펼쳐보이든 떨리던 손의 꽃이파리 한 잎.
어쩌면 따를 가르는 포화 속에서도 그가 그린 건 한 점
풀꽃였던가. 어쩌면 자욱히 화약 냄새 걷히는 황토밭에서
문득 누이를 보았는가. 한 포기 제비꽃에 어린 날의 추억
도. 흡사 하늘이 하나이듯. 그날의 차단한 病棟, 흐릿한
야전침대 머리의 한 줄기 불빛, 연보라의 微笑.

<文藝中央·1978. 겨울>

밭머리에 서서

노랗게 속 차오르는 배추밭머리에 서서
생각하노니
옛날에 옛날에는 배추 꼬리도 맛이 있었나니 눈 덮인 움
속에서 찾아냈었나니

하얗게 밑둥 드러내는 무밭머리에 서서
생각하노니
옛날에 옛날에는 무꼬리 발에 채였었나니 아작아작 먹었
었나니

달삭한 맛

산모롱을 굽이도는 汽笛 소리에 떠나간 사람 얼굴도 스
쳐가나니 설핏 비껴가나니 풀무 불빛에 싸여 달덩이처럼

오늘은
이마 조아리며 빌고 싶은 故鄕

<忠南文學 · 1978. 2>

연지빛 반달型

미풍 사운대는 반달型 터널을 만들자. 찔레넝쿨 터널을.
모내기 다랑이에 비치던 얼굴, 찔레.

廢水가 흐르는 길, 하루 삼부교대의 女工들이 봇물 쏟
아지듯 쏟아져나오는 시멘트 담벼락.

밋밋한 담벼락 아니라, 유리쪽 가시철망 아니라, 삼삼
한 찔레넝쿨 터널을 만들자, 오솔길인 양.

산머루같이 까만 눈, 더러는 핏기 가신 볼, 갈래머리
단발머리도 섞인 하루 삼부교대의 암펄들아

너희들 고향은 어디? 뻐꾹 뻐꾹 소리 따라 감꽃 지는
곳, 감자알은 아직 애리고 오디 또한 잎에 가려 떫떠름
한

슬픔도 꿈인 양 흐르는 너희들, 고향 하늘 보이도록.

목덜미, 발꿈치에도 찔레 향기 묻히도록.

연지빛 반달型 터널을 만들자.

<週刊市民・1977. 5>

바람 속

콩을 주마
콩을 주마
맨땅의 비둘기야
너도
사는 것이 문제려냐
구구구 비둘기야
이건 詩의 가랑잎
가랑잎을
되씹고 씹는
오늘
난
바람 속 노새

<世代 · 1977. 3>

論山을 지나며

겨울 農夫의 가슴을 설레고 설레게 하는 論山산업사 정
미소 안뜰의 山더미 같은 왕겨여 김이 모락모락 피는 아
침 왕겨여 지나는 나그네
보기만 해도 배 불러라

<月刊文學·1977. 2>

鶴의 落淚

세상 외로움을 하얀 무명올로 가리우자
세상 괴로움을 하얀 무명올로 가리우자
세상 구차함을 하얀 무명올로 가리우자
세상 억울함을 하얀 무명올로 가리우자

일년 열두달 머뭇머뭇 골목을 누비며
삼백 예순날 머뭇머뭇 집집을 누비며
오오, 안스러운 時代의
마른 鶴의 落淚

슬픔은 모른다는 듯
기쁨은 모른다는 듯
구름 밖을 솟구쳐 날고
날다가

세상 억울함을 하얀 무명올로 가리우자
세상 구차함을 하얀 무명올로 가리우자

세상 괴로움을 하얀 무명올로 가리우자

세상 외로움을 하얀 무명올로 가리우자

<月刊中央 • 1975. 12>

잔

가을은 어린 나무에도 단풍 들어
뜰에 山査子 우연듯 붉은데
벗이여 남실남실 넘치는 잔
邂逅도 別離도 더불어 멀어졌는데
종이, 종이 울린다 시이소처럼

<月刊文學 · 1977. 2>

처 마 밑

벗과 더불어
슬라브 슬라브 지붕은 쓸쓸하구나

벗과 더불어
제비 없는 술병은 쓸쓸하구나

하루에도 수백 번
들바람, 腐土를 묻혀오던

골목을 누비던
먹기와빛 깃

제비 없는 처마밑
끄으름이 서누나

옥수수, 단수숫대 이삭은 펴도
벗과 더불어

鷄 龍 山

忠南日報 創刊 25周年에 붙여

솟아라 진리의 노고지리 골짜기마다
샘물 솟듯 솟아라 진리의 노고지리

눈먼 사람을 눈뜨게 하고
귀먹은 사람을 귀밝게 하라

(안개를 가르고 겹겹 안개를 가르고)

고즈녁한 새벽
첫번 닭이 울고
먼동이 트일
때
그대는 비로소
龍이 되어
만호에 우뚝 솟았다.

그대

隱士의 정기
삼백 오십만
충남 도민의
젖줄이여

할아버지의 할아버지,
할아버지가 그대
품을 찾을
때
강물은 벌써
황산벌에 도도히 도도히 흐르고 있었으니
우리들의 강물이여
백제의 맥박이여
천년의 맥박을 그대 靈峰에 새겨라.

(구름을 헤치고 겹겹 구름을 헤치고)

그대
隱士의 얼
삼백 오십만
충남 도민의
힘줄이여

할머니의 할머니,
할머니가 그대
품을 찾을
때
태양은 벌써
소줏벌에 이글이글 뜨고 있었으니
우리들의 태양이여
백제의 빛이여
천년의 빛을 그대 靈峰에 새겨라.

(어둠을 사르고 겹겹 어둠을 사르고)

그대
隱士의 예지
삼백 오십만
충남 도민의
가슴이여

아버지의 아버지,
아버지가
어머니의 어머니,
어머니가 그대의
품을 찾을
때

종소리는 벌써
곰나루에 은은히 은은히 울려퍼지고
있었으니

우리들의 종소리여
백제의 염원이여
천년의 염원을 그대 靈峰에 새겨라.

겹겹 안개를 가르고
겹겹 구름을 헤치고
겹겹 어둠을 사르고
정의의 불꽃이
자유의 불꽃이
평화의 불꽃이
四海 둘레에 튄다.

밟아도 밟아도 밟히지 않는
돌이의 의지가 돌리는
꺾어도 꺾어도 꺾이지 않는
순이의 의지가 돌리는
아, 그대

四半世紀의 연자방아 !

육중한 인고의 山아

이끼 낀 바위에도 꽃이 피고

오뉴월 하늘에 서릿발도 내리나니

비바람, 눈보라 속에서 오히려

의연한 그대 정수리여

계룡산이여

저 관촉寺 문살의

蓮花 무늬같이

아름다운 슬기도 그대 靈峰에 새겨라.

<忠南日報 · 1975. 11. 11>

滿船을 위해

바람은 바람은
보이잖는 樂器
가랑잎 山에선
가랑잎 노래
대숲 아래선
댓잎의 노래
바람은 바람은
어머니의 약손
여릿여릿 꽃망울
이울게 하고
보리밭 열두 이랑
수욱수욱 키우고
바람은 바람은
黎明前의 바람은
어둠을 몰아내고
어둠을 살라먹고
滿船을

위해
네 바다의 고기떼도
몰아서 오는
물보라 속의
회오리 바람
오오, 앵두빛.

<새忠南·1975. 1>

接　　分

靑참외
속살과 속살의
아삼한 接分
그 가슴
동저고릿 바람으로
붉은 山
오내리며
돌밭에
피던 아지랭이
상투잡이
머슴들
오오, 이제는
배나무
빈 가지에
걸리는 기러기.

<創作과批評 · 1974. 여름>

곰 팡 이

眞實은
眞實은

지금 잠자는 곰팡이뿐이다
지금 잠자는 곰팡이뿐이다

누룩 속에서
광 속에서

酩酊만을 위해
오오직

어둠 속에서
…………

거꾸로 매달려

<創作과批評・1974. 여름>

自畵像 3

살아 무엇하리
살아서 무엇하리

죽어
죽어 또한 무엇하리

겨울 꽝꽝나무
꽝꽝나무 열매

울타리 밑의
인연

진한 허망일랑
자욱자욱 묻고

'小寒에서
大寒 사이'

家出하고 싶어라

싶어라.

<現代詩學・1974. 6>

뻿   기

제기를 차다

땅뺏기 하다

올망졸망

공깃돌 버리고

몰려간

국민학교

시골 운동장

日沒에

자지러지는

미류나무 꼭대기

떼까치

자리뺏기

下學 종소리

<詩文學 • 1974. 1>

제 2 부

白髮의 꽃대궁

건들 장마

건들 장마 해거름 갈잎 버들붕어 꾸러미 들고 원두막 처마밑 잠시 섰는 아이 함초롬 젖어 말아올린 베잠방이 알종아리 총총 걸음 건들 장마 상치 상치 꽃대궁 白髮의 꽃대궁 아욱 아욱 꽃대궁 白髮의 꽃대궁 고향 사람들 바자울 세우고 외넝쿨 거두고.

<現代文學・1977.1>

누   가

----오오냐, 오냐 들녘 끝에는 누가 살든가

----오오냐, 오냐 수수이삭 머리마다 스쳐간 피얼룩

----오오냐, 오냐 火賊떼가 살든가

----오오냐, 오냐 풀모기가 날든가

----오오냐, 오냐 누가 누가 살든가.

<文學과知性·1975. 여름>

눈발 털며

하루는 눈발 털며 털며 마을 안팎을 몇 바퀴 돌다가

하루는 저 눈밭에 흩어져 긴 이랑을 헤집고 헤집다가

하루는 行方不明, 가시울에 찔리다가 돌아오는 길에

까마귀야 가자, 활활 소줏고리 달아오르는 주막거리로

가자.

눈 오는 날.

<文學과知性 · 1975. 여름>

郵 便 函

새여, 마스로바의 새여

젖빛 안개 속

새벽 文章에서 풀리는 새여

너는 알電燈에 그을렸구나

발목에 무지개는 걸리지 않았고

마스로바의 새여

다시는 郵便函에 갇히지 말라.

<文學과知性·1975. 여름>

풀　　꽃

홀린 듯 홀린 듯 사람들은

山으로 물구경 가고.

다리밑은 지금 危險水位

濁流에 휘말려 휘말려 뿌리 뽑힐라

橋脚의 풀꽃은 이제 必死的이다

四面에 물보라치는 아우성

사람들은 어슬렁어슬렁 물구경 가고.

<現代文學・1975. 9>

面壁 1

　고양이는 더위에 쫓겨 누다락 오르고 모기香에 바람 한
점　없는 밤 내 눈감은　面壁 5分은 멀리 달빛　어린 벼이
삭 스치는 꽃喪輿

　어허 어하……
　어허 어하……

<서울신문 • 1975>

불   티

가을에 피는 꽃
겨울에도 핀다
할매가 지피고 돌
이가 지피고 노을
이 지피는 쇠죽가
마 아궁이, 아궁이
불 시새우는 불티
같은 사랑. 사랑사
겨울에 피는 가을
사르비아 !

<詩文學 · 1975. 11>

九 節 草

누이야 가을이 오는 길목 구절초 매디매디 나부끼는 사
랑아

내 고장 부소산 기슭에 지천으로 피는 사랑아

뿌리를 대려서 약으로도 먹던 기억

여학생이 부르면 마아가렛

여름 모자 차양이 숨었는 꽃

단추 구멍에 달아도 머리핀 대신 꽂아도 좋을 사랑아

여우가 우는 秋分 도깨비불이 스러진 자리에 피는 사랑
아

누이야 가을이 오는 길목 매디매디 눈물 비친 사랑아.

<週刊朝鮮・1975>

月　暈

　　첩첩 山中에도 없는 마을이 여긴 있읍니다. 잎 진 사잇길 저 모래뚝, 그 너머 江기슭에서도 보이진 않습니다. 허방다리 들어내면 보이는 마을.

　　坑 속 같은 마을. 끌깍, 해가, 노루꼬리 해가 지면 집집마다 봉당에 불을 켜지요. 콩깍지, 콩깍지처럼 후미진 외딴집, 외딴집에도 불빛은 앉아 이슥토록 창문은 木瓜빛입니다.

　　기인 밤입니다. 외딴집 老人은 홀로 잠이 깨어 출출한 나머지 무우를 깎기도 하고 고구마를 깎다, 문득 바람도 없는데 시나브로 풀려 풀려내리는 짚단, 짚오라기의 설레임을 듣습니다. 귀를 모으고 듣지요. 후루룩 후루룩 처마깃에 나래 묻는 이름 모를 새, 새들의 溫氣를 생각합니다. 숨을 죽이고 생각하지요.

　　참 오래오래, 老人의 자리맡에 밭은 기침소리도 없을 양이면 벽 속에서 겨울 귀뚜라미는 울지요. 떼를 지어 웁니다, 벽이 무너지라고 웁니다.

　　어느덧 밖에는 눈발이라도 치는지, 펄펄 함박눈이라도

흩날리는지, 창호지 문살에 돋는 月暈.

<文學思想 • 1976. 3>

제 비 꽃

부리 바알간 장 속의 새, 동트면 환상의 베틀 올라 金
絲, 銀絲 올올이 비단올만 뽑아냈지요, 오묘한 오묘한 가
락으로.

난데없이 하루는 잉앗대는 동강, 깃털은 잉앗줄 부챗살
에 튕겨 흩어지고 흩어지고, 천길 벼랑에 떨어지고, 영롱
한 달빛도 다시 횃대에 걸리지 않았지요.

달밤의 생쥐, 허청바닥 찍찍 담벼락 긋더니, 포도나무
뿌리로 치닫더니, 자주 비누쪽 없어지더니.

아, 오늘은 대나뭇살 새장 걷힌 자리, 흰 제비꽃 놓였
읍니다.

<現代詩學·1976. 4>

얼레빗 참빗

반짇고리 실타래

풀리듯

얼레빗 참빗에

철 이른 봄비

연사흘 와서

찰랑찰랑 외나무다리

부풀은 물살

발목 벗고도

건널 수 없어

거슬러

거슬러 올라가면

저녁 까마귀, 까옥.

<서울신문 · 1976>

木　蓮

솟구치고 솟구치는 玉洋木빛이랴

송이송이 무엇을 마냥 갈구하는 山念佛이랴

꿈속의 꿈인 양 엇갈리는 백년의 사랑
쑥물 이끼 데불고 구름이랑
조아리고 머리 조아리고 살더이다
흙비 뿌리는
뜰에 언덕에.

<현대文學 · 1976. 7>

콩밭머리

콩밭머리 철길 따라
호남선 舊道 가노라면
상수리숲 山빛에
맷방석만한 空地는 있어
어매 후질그레
흙벽돌 쌓고
까치는 맨발
주춧돌 찍고
그 집 다 되었을까
휘익, 참새 내리는 지붕
마파람 불어 생각나는 거
문득 문득 생각나는 거.

<韓國文學 · 1976. 6>

群山港

　선창에 기댄 뾰족지붕의 銀行, 그 정문을 돌아 舊도립
병원 뒷길을 더듬으면 海溝로 슬리는 돌담, 돌틈에 회상
짓는 30년대의 米豆

　오늘, 내 不時 나그네 되어 빈손 찌르고 망대에 올라
멀리 갈매기 행방을 좇으면 곶(岬)은 굽이치는 탁류, 蔡
萬植

　錦江을 거슬러 만국기 단 똑딱선 타고 처음 보던 수평
선, 바다를 넘던 욕망, 소금기뿐인 群山港

　저무는 대안의 제련소 연기 없는 굴뚝, 빛 바랜 필름의
黑白.

<心象 · 1976. 7>

먹 감

어머니 어머니 하고
외어 본다.
이 가을
아버지 아버지 하고
외어 본다
이 가을
가을은
오십 먹은 소년
먹감에 비치는 산천
굽이치는 물머리
잔 들고
어스름에 스러지누나
자다 깨다
깨다 자다.

<湖西文學·1976. 봄>

流寓 1

강아지 밥 주고 나니 머리 위 반딧불 떴어라 柴扉 닫고
멍석머리 모깃불 놓으면 깜박 깜박 저만큼 또 반딧불 초
롱.

<現代詩學·1977. 10>

風　磬

　山寺의 골담초숲 동박새, 날더러 까까중 까까중 되라네. 갓난아기 배냇짓 배우라네. 허깨비 베짱이 베짱이처럼 철이 덜 들었다네. 白頭 오십에 철이란 무엇? 저 파초잎에 후둑이는 빗방울, 달개비에 맺히는 이슬, 개밥별 초저녁에 뜨는, 개밥별?

　山寺의 골담초숲 동박새, 날더러 발돋움 발돋움하라네. 저, 저 백년 이끼 낀 塔身 너머 風磬 되라네.

<韓國文學・1977. 5>

童 謠 風

민들레

흐르는 물가 민들레
한 손 들어도 다섯 손가락
두 손 들어도 다섯 손가락.

나 비

나비야
우리 아가 종종머리 댕기꼬리
나비야
우리 아가 바둑머리 댕기꼬리.

가 을

아빤 왼종일 말이 없다
풀벌레 울어도

과꽃이 펴도
가을에 아빠 말이 없다.

　　원두막

짱아야 짱아야
보리짱아야
바람도 없는데
원두막 삿갓머리
물구나무 섰다.

　　나뭇잎

달밤의 나뭇잎
밤이 깊어서
이 대문 똑똑
집이 멀어서

저 대문 뚝뚝
달밤의 나뭇잎.

<文學思想·1977. 11>

나귀 데불고

버드나무 미류나무 키대로 서서 먼 들녘 바라보고. 그 밑을 슬픈 칼레의 시민, 오늘도 무거운 그림자 끌며 가고 있다. 눈물이 바위 될 때까지, 하마 그렇게 가리라.

(빗물받이 홈통에 오던 참새)

낯익은 참새랑 나귀 데불고.

<心象·1977. 12>

流寓 2

젯마루
어느 굽이
눈이라도
오는가

유난히 밝은
자작나무 밑둥
물푸레나무
一角

오오 고삐에
서리는 서리는
황소의
입김

황황히
흩어지는

새떼의
行方

잿마루
삼십리
눈이라도
오는가.

＜現代文學·1978. 2＞

장 대 비

밖은 억수 같은 장대비
빗속에서 누군가 날
목놓아 부르는 소리에
한쪽 신발을 찾다 찾다
심야의 늪
목까지 빠져
허우적 허우적이다
지푸라기 한 올 들고
꿈을 깨다, 깨다.
尚今도 밖은
장대 같은 억수비
귓전에 맴도는
목놓은 소리
오오 이런 시간에 난
우, 우니라
象牙빛 채찍.

<新東亞・1977. 9>

진눈깨비

　중학교 하급반 땐 온실 당번였어라. 질펀히 진눈깨비라
도 오는 늦은 下午라치면 겨운 석탄桶 들고 비틀대던 몇
발자국 안의 설핏한 어둠. 지우고 지워진 지 오래건만 강
술 한잔에 떠오누나. 바자 두른 온실 二重窓에 볼 비비며
눈 속에 벙그던 히아신스랑 福壽草랑 오랑캐꽃 빛깔의
指紋, 또 하나의 나. 오 비틀거리며 떠오누나. 바랜 트럼
펫의 흐느낌
　──언뜻 어제 등에 업혀 가던 사람.

<韓國文學・1978. 5>

해 시 계

木月 선생 묘소에

울먹울먹 모래알은

부서지기도 한다

부서진 모래알은

눈물인 양 짜다

눈물인 양 짠

모래알로 빚은

당신의 해시계에

삼가 꽂는 한 송이 百合.

<心象・1978. 5>

廢鑛近處

어디서 날아온 장끼 한 마리 토방의 얼룩이와 일순 눈
맞춤하다 소스라쳐 서로 보이잖는 줄을 당기다 팽팽히 팽
팽히 당기다 널 뛰듯 널 뛰듯 제자리 솟다 그만 모르는 얼
굴끼리 시무룩해 장끼는 푸득 능선 타고 남은 얼룩이 다
시 砂金 줍는 꿈꾸다——廢鑛이 올려다보이는 외딴 주막.

<主婦生活·1976. 6>

曲 5篇

여우비

오락가락

여우비

박쥐우산

주막집에

맡기고

비틀걸음

비

틀

걸

음

삼십리

또 몇 리

쪽도리꽃

보고지고

쪽도리꽃

보고지고

마 을

난
彩雲山
민둥산
돌담 아래
손 짚고
섰는
성황당
허수아비
댕기풀이
허수아비
난.

대추랑

빗물 고여
납작한
꽃신 한 켤레
뉘네 집
뒷문
빗장 걸린
울안

울안을
돌면
거기
구석지
빗물 고여
질그릇
쪽이랑
꽃신 한 켤레

설핏한
어둠
혼자
울던 아이
지, 지난해
늙은 대추
한 알이랑
꽃신
한 켤레.

　　黃山메기

밀물에
슬리고

썰물에
뜨는

하염없는 갯벌
살더라, 살더라
사알짝 흙에 덮여
목이 메는 白江下流
노을 밴 黃山메기
애꾸눈이 메기는 살더라,
살더라.

어스름

대싸리
소곳한
어스름
김장때
샘가
알타리무우

배추 꼬리

씻는

할매야

나래 접은

저녁새

한 마리

버드나무

실가지에

저녁새

한 마리.

<文學과知性 · 1978. 가을>

참 매 미

어디선가
原木 켜는 소리

夕陽에
原木 켜는 소리
같은
참매미
오동나무
잎새에나
스몄는가
골마루
끝에나
스몄는가
누님의
반진고리
골무만한
참매미.

은버들 몇 잎

스치는 한점 바람에도 갈피 없이 설레는 은버들 몇 잎을 따서 물에 띄우면 언제나 고향은 토담의 달무리. 콩꽃에 맺히는 콩꼬투리랑 절로 벙그는 목화다래랑. 아아 잔물결 잔물결 치듯 속절없이 설레는 강가 은버들.

*

아우야, 휘청휘청 西녘 바람 따르면 상수리숲 상수리 아람 불가.

아우야, 휘청휘청 東녘 바람 따르면 밤나무숲 밤송이 아람 불가.

비치는 쌈짓골, 비치는 비녀山. 아침 이슬 털면 아람 불가. 아롱다롱 가을에 아우야.

*

귀뚜라미 정강이 시린 白露.

<月刊文學 · 1978. 12>

山門에서

洪禧杓에게

　어깨 나란히 산길 가다가 문득 바위 틈에 물든 珊瑚 단풍보고 너는 우정이라 했어라. 어느덧 우정의 잎 지고 모조리 지고, 희끗희끗 山門에 솔가린 양 날리는 눈발, 넌 또 뭐라 할 것인가? 저 흩날리는 눈발을, 나 또한.

<現代詩學・1978. 12>

城이 그림

국민학교 일학년
城이 그림을 보면
사람들은 모두
따에 누워 있다.

햇님을 바라
나무도
뉘여 있다.

하늘 나는 새,
하늘 나는 새도
따에 나르고.

<心象 · 1978. 12>

紅柿 있는 골목

바람 부는 새때,
아침 열시서 열한시,
가랑잎 몰리듯 몰리는
골목 안 참새.
갸웃갸웃 쪽문 기웃대다
쫑쫑이 집 쫑쫑이
흘린 밥알 쪼으다
지레 놀래
가지 타고 꼭지 달린
紅柿에 재잘거린다.

추녀에 물든 놀,
용고새 용마름엔
누가 사아나.
토담에 물든 놀,
용마름 용고새엔
누가 사아나.

물방울 튕기듯 재잘거린다.

바람 부는 새떼,

낮 세시서 네시.

<학원 · 1979. 11>

미닫이에 얼비쳐

호두 깨자
눈 오는 날에는

눈발 사근사근
옛말 하는데

눈발 새록새록
옛말 하자는데

구구샌 양 구구새 모양
미닫이에 얼비쳐

창호지 안에서
호두 깨자

호두는 오릿고개
싸릿골 호두.

<心象 · 1978. 12>

오 늘 은

묻지 말자
옷소매
스치는
스산한 바람
행방을
엉거주춤 추녀 밑
잠시 머무는
황혼의 거처를.

묻지 말자 묻지 말자
눈 오는 새벽
지우고 지우는
사연
살 빠진 참빗에
굽이굽이
먼 사람의
안위를
(오늘은, 오늘은)

<女性中央 · 1979. 2>

面壁 2

꼭지 달린 木瓜
랑
잦은 진눈깨비
랑
茶를
드노니

——雀舌茶

金山寺
종소리
마른 손질
일곱 번 갔다니
신문지 行間 시려운
아침

面壁하고

드노니
삭발한 벗
푸른 이마
어려라

잦은 진눈깨비
랑
꼭지 달린 木瓜
랑.

<韓國文學·1979. 3>

영등할매

김칫독 터진다는
말씀
二月에
떠올라라
묵은 미나리꽝
푸르름 돌아
어디선가
종다리
우질듯 하더니
영등할매 늦추위
옹배기 물
포개 얼리니
번지르르 春信
올동 말동.

<新東亞 · 1979. 4>

行間의 장미

하루에 몇 번 무릎 세우겠구나, 머언 기적 소리에. 네가
띄운 사연, 行間의 장미 웃고 있다만. 그리던 방학에도
내려오지 못하는 燕아. 너는 일하는 베짱이 화가 지망의
겨울 베짱이. 오 이건 쫌쫌 네가 가을볕에 짜준 쥐색帽.
——室內帽로 감싸는 아빠의 齒痛. 오 이건 닿을 데 없는
애틋한 아빠의 子正의 獨白. 燕아, 네가 띄운 사연, 行間
의 장미 웃고 있다만.

<現代詩學・1979. 4>

曲

오동나무 밑둥
한쪽만 적시는
가랑비
지난날을 울어

　저 철로 건널목
　어른대는 驛夫
　하얀 手旗에
　돌을 쪼으듯 울어

아아 인간사
스무살까지라는데
젊어서 그랬듯
서서 울어.

<心象 · 1979. 5>

막 버 스

내리는 사람만 있고

오르는 이 하나 없는

보름 장날 막버스

차창 밖 꽂히는 기러기떼,

기러기뗄 보아라

아 어느 강마을

殘光 부신 그곳에

떨어지는가.

<心象·1979. 5>

쇠죽가마

李文求

솔개 그림자

스치는

杏亭 마을

그대

팔꿈치로

그리는

소금쟁이

잠자리 아재비

물방개

지우고 지우고

그대

발꿈치로

그리는

엉겅퀴

도깨비바늘

팽이풀

지우고 지우고

오 그대

가장 뜨거운

입김으로

그리는

쇠죽가마

불씨

하나뿐인 젊음

하나뿐인 노래.

〈文學思想・1979. 6〉

木枕 돋우면

구구 비둘기는
이제 밤마다
울지 않는다
자다 깨다
木枕 돋우면
마른 손
복사뼈에
달빛 스며
草間에 살으란다,
살으란다.

<月刊文學 · 1979. 7>

액자 없는 그림

능금이

떨어지는

당신의

地平

아리는

氣流

타고

수수 이랑

까마귀떼

날며

울어라

물매미

돌 듯

두 개의

태양.

<文藝中央 · 1979. 겨울>

銅錢 한 布袋

밤바람은 씨잉 씽
밤바람이 씽씽

잃은 銅錢 한 布袋
銀錢 한 布袋

어쩌면 글보다 먼저
독한 술을 배워

잃은 銀錢 한 布袋
銅錢 한 布袋

비인 손이여
가슴이여

한 布袋 銀錢은 어디
銅錢은 어디

밤바람이 썽썽

밤바람은 씨잉 썽.

<世代·1979. 9>

상치꽃 아욱꽃

상치꽃은
상치 대궁만큼 웃네.

아욱꽃은
아욱 대궁만큼

잔 한잔 비우고
잔 비우고

배꼽
내놓고 웃네.

이끼 낀
돌담

아 이즈러진 달이
실낱 같다는

시인의 이름
잊었네.

<女性東亞・1979>

소 리

新年頌

둥 둥둥 울려라 출범의 북소리 울려라
지잉 징 울려라 출범의 징소리 울려라
까치가 우짖어 새해는 아니지만
까치가 우짖어 새해 새 아침

옥양목 대님을 치고
옥양목 대님을 치고
꼭두서니 먼동을 바라면
꼭두서니 먼동을 바라면
안개를 가르고 겹겹 안개를 가르고
구름을 헤치고 겹겹 구름을 헤치고
눈먼 사람을 눈뜨게 하는
귀먹은 사람을 귀밝게 하는
그대, 隱者의 정기 어린
겨레의 얼, 청년의 맥박으로
둥 둥둥 울려라 출범의 북소리 울려라
지잉 징 울려라 출범의 징소리 울려라

낙락장송 드리운 동해 바다에 울려라
망망대해 너울대는 천파만파에 울려라

한 송이 꽃을 위해 정의를
한 마리 양을 위해 자유를
평화 위해, 영원 위해
밟아도 밟아도 소생하는 민들레의 의지로
휘어도 휘어도 꺾이잖는 버들개지의 의지로
오, 그대
일월의 연자매!
유구한 인고의 산하여
인고의 의지로
이끼 낀 바위에 돌꽃이 피듯이
오뉴월 하늘에 서릿발 내리듯이
저, 관촉사 문살의 연화 무늬듯이
그윽이 아름다운 아름다운 슬기로
둥 둥둥 울려라 출범의 북소리 울려라

지잉 징 울려라 출범의 징소리 울려라

까치가 우짖어 새해는 아니지만

까치가 우짖어 새해 새 아침

나무도 박달나무는 북채가 되어

나무도 박달나무는 징채가 되어.

<서울신문 · 1979. 1. 1>

Q씨의 아침 한때

쓸쓸한 時間은

아침 한때

처마밑 제비

알을 품고

공연스레 失職者

구두끈 맬 때

무슨 일, 바삐

구두끈 맬 때

오동꽃 필 때

아침 한때.

<現代文學·1980. 2>

풍각장이

은진미륵은
풍각장이
솔바람 마시고
댓잎피리 불드래

진달래철에는
진달래 먹고
국화철에는
국화꽃 먹고
동산에 달 뜨면
거문고 뜯드래

아득한 어느 날
땅속에서 우연히
솟아오른 바윗덩이
꽹과리 치고 북 치고
솟아오른 바윗덩이

혜명대사 예언으로
미륵불이 되드래

꼬부랑 할머니
꼬불꼬불 찾아와
우리 아가 몸에서
향내 나게 하소서
우리 아가 몸에서
향내 나게 하소서
사흘 밤 사흘 낮을
미륵불에 빌었더니
아가 몸에서
향내 나드래
논두렁 우렁이
몸에서도 나드래

까마귀떼

소리개떼
푸득푸득 날아와
어깨랑 이마에
하얀 똥 갈겨도
은진미륵
큰 관 쓴 채
큰 관을 쓴 채
끄으덕 끄덕
웃드래 웃드래

지금은 논산군
은진면
관촉리에
장승처럼 섰지만
호남벌판 굽으며
동양 제일 석불이
은진미륵일 줄이야

나그네도 모르드래

이끼 낀 관촉사
쇠북종만 알아서
천년을 모시드래
천년 두고 모시드래

들러리 골짜기
산수유도 알아서
산수유꽃 봄마다
은진미륵 에워싸고
제일 먼저 피드래
제일 먼저 피드래.

<소년한국일보 · 1979. 8. 11>

제 3 부

강아지풀

그 봄비

오는 봄비는 겨우내 묻혔던 김칫독 자리에 모여 운다

오는 봄비는 헛간에 엮어 단 시래기 줄에 모여 운다

하루를 섭섭히 버들눈처럼 모여 서서 우는 봄비여

모스러진 돌절구 바닥에도 고여 넘치는 이 비천함이여.

<現代詩學・1969. 4>

강아지풀

남은 아지랑이가 훌훌
타오르는 어느 驛 構
內 모퉁이 어메는 노
오란 아베도 노란 貨
物에 실려 온 나도사
오요요 강아지풀. 목
마른 枕木은 싫어 삐
걱 삐걱 여닫는 바람
소리 싫어 반딧불 뿌
리는 동네로 다시 이
사 간다. 다 두고 이
슬 단지만 들고 간다.
땅 밑에서 옛 喪輿 소
리 들리어라. 녹물이
든 오요요 강아지풀.

<月刊文學 · 1969. 12>

들   판

  가을, 노적가리 지붕 어스름 밤 가다가 기러기 제 발자
국에 놀래 노적가리 시렁에 숨어버렸다 그림자만 기우뚱
하늘로 날아 그때부터 들판에 갈림길이 생겼다.

<現代文學 · 1970. 1>

小   感

　한뼘데기 논밭이라 할 일도 없어, 홍부도 홍얼홍얼 문
풍지 바르면 홍부네 문턱은 햇살이 한 말.
　파랭이꽃 몇 송이 아무렇게 따서 문고리 문살에 무늬
놓으면 홍부네 몽당비 햇살이 열 말.

<1970. 4>

손 거 울

어머니 젊었을 때
눈썹 그리며 아끼던
달

때까치 사뿐히 배추 이랑에
내릴 때——

감 떨어지면
親庭집 달 보러 갈꺼나
손거울.

<1970. 4>

담　　장

梧桐꽃 우러르면 함부로 怒한 일 뉘우쳐진다.

잊었던 무덤 생각난다.

검정 치마, 흰 저고리, 옆가르마, 젊어 죽은 鴻來 누이

생각도 난다.

梧桐꽃 우러르면 담장에 떠는 아슴한 대낮.

발등에 지는 더디고 느린 遠雷.

<現代詩學 · 1970. 4>

울   안

탱자울에 스치는 새떼
기왓골에 마른 풀
놋대야의 진눈깨비
일찍 횃대에 오른 레그호온
이웃집 아이 불러들이는 소리
해 지기 전 불 켠 울안.

<現代詩學·1970. 4>

稜　　線

산까치 들까치 나뭇가지 물고 날아드는 稜線.
名節이면 새옷 입은 이웃들이 오내리든 나루터.

모밀밭 木花밭에 혼들리고
억새풀 속에 출렁이는
감빛 道袍 자락.

푸른 칼집에 어려오듯
여러 갈래 여러 갈래로
포개오는 발밑
稜線.

汽車를 타고 가노라면
車窓으로
들어서는
上古의 얼굴.

<現代詩學・1970. 4>

空　山

무덤 위에 무덤 사네, 첩첩 산중
달 있는 밤이면
곰방대 물고
무덤 속 드나들며
곰방대나 털고
머슴들은 여름에도
장작을 패고
무덤 속 드나들며
장작이나 지피고

무덤 위에 첩첩 무덤만 사네.

<青蛙集 · 1971. 10>

낮   달

반쯤은 둠벙에 묻힌

菖蒲 실뿌리 눈물 지네

맨드래미 꽃판 총총 여물어

그늘만 길어가네

절구에 깻단을 털으시던

어머니 生時같이

오솔길에 낮달도 섰네.

<現代詩學 · 1970. 11>

公州에서

미나리 江
건너
牛市場 마당
말목에
고리만
남아 있었다.
이른 제비떼
발밑으로
빠져
木橋를
오내리는
좁은 거리.
버들잎은
피어
길을
쓸고
그의 고향

文化院에서

剛彬은

詩畫展을

열고 있었다.

<現代詩學・1970. 11>

먼　곳

　수양버들가지 산모롱을 돌 때 아랫마을 어디선가 징 치는 소리 살구꽃 지다.

　수양버들가지 산모롱을 굽이돌 때 墓둥에 조는　나무비녀 풀각시 살구꽃 또 지다.

<現代詩學・1970. 11>

下　棺

벗가리 하나하나 걷힌

논두렁

남은 발자국에

딩구는

우렁 껍질

수레바퀴로 끼는 살얼음

바닥에 지는 햇무리의

下棺

線上에서 운다

첫 기러기떼.

<女性東亞・1970. 12>

古　都

물가에 진 눈먼 魂靈

불티 물고

파랭이 끈 물고

마른번개 치던

나루터

동아리져 춤춘다

곤두박질 춤춘다

들가에 진 눈먼 魂靈도

어두운 낮.

<現代文學·1971. 1 >

落　　差

꼬이고 꼬인 藤나무 등걸

깨진 고령토 花盆

삿갓머리 씌운 배추 움

떠받친 빨랫줄

紙鳶 날리던 손

빛 바랜 宿根草

서릿발 내린 斜面

복판에 이마 부비며 피는 마을 사람들

貯水池의 물안개

비탈에 지던 落差　　　　　　<月刊文學・1971. 2>

自畫像 1

芭蕉는 춥다
창호지 한 겹으로

왕골자리 두르고
三冬을 난다.

받쳐올린 天井이
갈매빛 하늘만큼 하랴만

잔솔가지 사근사근
눈뜨는 밤이면

웃방에 앉아
거문고 줄 고르다.

이마 마주 댄
희부연한 고샅길.

芭蕉는 역시 춥다.
시렁 아래 小盤머리.

<現代詩學·1971. 5>

창　포

풀자리 빠빳한
旅舘집
문살의 모기장.

햇살을 날으는
아침 床머리
열무김치.

대얏물에
고이는
오디빛.

풀머리
뒷모습의
꽃창포.

<詩文學・1971. 1>

댓   진

양귀비

지우면 지울수록

할머니의 댓진 냄새

온통 취한 듯

꽃밭의 아우성

한 동네가 몰린다

버들꽃은

개울물에 지고

도둑떼처럼 몰린다.

<詩文學 · 1971. 1>

古　月

유리병 속으로

파뿌리 내리듯

내리는

봄비.

고양이와

바라보며

몇 줄 詩를 위해

젊은 날을 앓다가

하루는

돌 치켜들고

돌을 치켜들고

원고지 빈 칸에

갇혀버렸읍니다

古月은.

<青蛙集 • 1971. 10>

千의 山

댕댕이 넝쿨, 가시덤불
헤치고 헤치면
그날 나막신
쌓여 들어 있네
나비 잔등에 앉은 보릿고개
작두로도 못 자르는
먼 삼십리
청솔가지 타고
아름 따던 고사리순
할머니 나막신도
포개 있네
빗물 고인 千의 山
겹겹이네.

〈朝鮮日報・1972〉

西　山

상칫단
아욱단 씻는

개구리 울음 五里 안팎에

보릿짚
호밀짚 썹는

日落西山에 개구리 울음.

<月刊文學 · 1972. 1>

聚　落

감나무 밑 풋보
리 이삭이 비
치는 물병 點
心 광주리 밭
매러 간 고무신
둘레를 다지는
쑥국새 잦은목
반지름에 돋는
물집 썩은 뿌
리 뒤지면 훌
내리는 흰 개
미의 聚落 달
팽이 꽁무니에
팽팽한 낮이슬.

<풀과 별·1972. 8>

귀 울 림

호박잎
하눌타리 자락
짓이기고
황소떼 몰린
물구나무 선
洞口

(아삼한 哭聲)

아, 추수도 끝난
가을 한철
저물녘
논배미
물꼬에 뜬
우렁 껍질의
귀울림.

<現代詩學 · 1972. 11>

別　　離

노을 속에 손을 들고 있었다, 도라지빛.

──그리고 아무 말도 없었다.

손끝에 방울새는 울고 있었다.

<詩文學・1972. 12>

微　吟

콩나물이나 키우라
콩나물이나 키우라

콩나물 시루에 물이나 주라
콩나물 시루에 물이나 주라

속이 빈 골파
속이 빈 골파

겨울밤에는 덧문을 걸고
겨울밤에는 문풍지를 세우고.

<서울신문 · 1973. 1>

遮　日

짓광목 遮日
섫핏한 햇살

四, 五百坪 추녀 끝 잇던
人內 장터의 바람

멍석깃에 말리고
도르르 장닭 꼬리에
말리고

山그림자 기대
앉은 사람들

황소뿔 비낀 놀.

<現代詩學 · 1973. 6>

샘   터

샘바닥에
걸린 下弦

얼음을 뜨네
살얼음 속에

동동 비치는 두부며
콩나물

삼십원어치 아침
銅錢 몇 닢의 出帆

——지느러미의 무게

구숫한 하루
아깃한 하루

쪽박으로

뜨네.

<新東亞・1973. 2>

반 盞

故 滋雲兄에게

이제 만나질 時間 없으니

어찌 헤어질 場所인들 있으랴.

十五年, 友情의

고리, 오히려 짧고나.

만나면 어깨부터 툭 치던

손.

마실수록 아쉬워하던 惜別의

盞,

우리들의 禮節은 어디로 갔느냐.

鍾路에서 찾으랴.

淸進洞에서 찾으랴.

南大門 近處에서 찾으랴.

오가는 발자국 그 옛 자리,

설레는 눈발 그 옛 자리,

오늘은 널 위해 슬픈 盞을

던지누나.

(반 盞만 비운 나머지……)

쨍그렁 울리는 저승바닥.

<詩文學·1973. 2>

시 락 죽

바닥 난 통파

움 속의 降雪

꼭두새벽부터

降雪을 쓸고

동짓날

시락죽이나

끓이며

휘젓고 있을

귀뿌리 가린

후살이의

木手巾.

<文學思想 • 1973. 5>

軟　柿

여름 한낮

비름잎에

꽂힌 땡볕이

이웃 마을

돌담 위

軟柿로 익다

한쪽 볼

서리에 묻고

깊은 잠 자다

눈 오는 어느 날

깨어나

祭床 아래

심지 머금은

종발로 빛나다.

<현대文學·1973. 8>

불 도 둑

하늘가에
내리는
황소떼를 보다

흐르는 흐르는
피보래의
눈물을 보다

불도둑
胸壁에
울리는 채찍

——산 者의 권리는 너무 많구나.

<月刊中央 · 1973. 10>

나부끼네

검불 연기
고즈너기
감도는
금강
상류의
갈밭
노낙 각시
속거 천리
외치며 외치며
모기뗴 달라
붙는 양 나부끼네
귀소
서두는 제비들
뱃전을
치고
노낙 각시
속거 천리.

<月刊文學 · 1972. 11>

鐃　鈴

보리 깜부기

점점이

익는

갈기머리

늙은

등성

까치집 하나,

아스라이 둘

우러러

흰 수염이

불어예는

풀피리 끝

幻이

풀리는 쌍무지개

솟구치는 상무 상무 잿불 꼬리 감기는 열두발 상무

가난이 푸르게

눈자위마다

밀리는

상듯군 鐃鈴

<現代文學·1973. 8>

할   매

손톱 발톱
하나만
깎고
연지 곤지
하나만
찍고
할매
안개 같은
울 할매
보리잠자리
밀잠자리 날개
옷 입고
풀줄기에
말려
늪가에
앉은
꽃의

그림자
같은 메꽃.

<東亞日報 · 1973. 10>

自畫像 2

한오라기 지푸일레

아이들이 놀다 간
모래城
무덤을
쓰을고 쓰는
江둑의 버들꽃
버들꽃 사이
누비는
햇제비
입에 문
한오라기 지푸일레

새알,
흙으로
빚은 경단에
묻은 지푸일레

窓을 내린

下行列車

곳간에 실린

한 마리 눈(雪)속 羊일레.

<朝鮮日報 · 1973. 10>

꽃   물

수수밭
수수밭 사이로
기우는
고향
가까운
山자락
보릿재
내는
사람들
歸鄕列車
뒤칸에
매달린
노을,
맨드라미 꽃물.

<한국일보 · 1973. 12>

소 나 기

누웠는 사람보다 앉았는 사람 앉았는 사람보다 섰는 사
람 섰는 사람보다 걷는 사람 혼자 걷는 사람보다 송아지
두, 세 마리 앞세우고 소나기에 쫓기는 사람.

<1974. 3>

濁 盃 器

무슨 꽃으로 두드리면 솟아나리.

무슨 꽃으로 두드리면 솟아나리.

굴렁쇠 아이들의 달.

자치기 아이들의 달.

땅뺏기 아이들의 달.

공깃돌 아이들의 달.

개똥벌레 아이들의 달.

갈래머리 아이들의 달.

달아, 달아

어느덧

半白이 된 달아.

수염이 까슬한 달아.

濁盃器 속 달아.

<創作과批評 · 1974. 여름>

雨　中　行

비가 오고 있다
안개 속에서
가고 있다
비, 안개, 하루살이가
뒤범벅되어
이내가 되어
덫이 되어

(며칠째)
내　木양말은
젖고 있다.

<현대시학·1974.6>

솔개 그림자

환한 거울 속에도
아침床에도
얼굴은 없다
노오란 칸나
꽃 너머
저 불붙는 보랏빛
엉겅퀴, 꽃
너머
내 얼굴은
日常의
얼굴 밖에서
바람 부는 자리
솔개 그림자로
들판에 너울거린다.

<心象 · 1974. 9>

點　描

싸리울 밖 지는 해가 올올이 풀리고 있었다.

보리바심 끝마당

허드렛군이 모여

허드렛불을 지르고 있었다.

푸슷푸슷 튀는 연기 속에

지는 해가 二重으로 풀리고 있었다

허드레,

허드레로 우는 뻐꾸기 소리

징소리

도리깨 꼭지에 지는 해가 또 하나 올올이　풀리고 있었
다.

<月刊文學·1974. 9>

해바라기 斷章

해바라기 꽃판을

응시한다

삼베올로

삼베올로 꽃판에

잡히는 虛妄의

물집을 응시한다

한 盞

白酒에

무우오라기를

씹으며

世界의 끝까지

보일 듯한 날.

<韓國文學 · 1974. 11>

慶州 민들레

눈 오는 날에는 빈 서랍을 털자.
서랍 속에 시든 민들머리 풀대궁
마른 대궁 비비면
프르름히 살아
천년의 맥이
살아
慶州 郊外의 가을 민들레
詩人의 얼굴.

눈 오는 날에는 빈 서랍의 먼지를 털자.

<1974. 11>

弦

춤을 출꺼나
콩깍지
조르르 콩알
어디 갔을까
장길 실개울에
빠졌다
두부집 간수에
빠져버렸다
끝없는 추석 하늘
그을은 一角
거미줄에 걸린 弦

춤을 출꺼나.

<現代文學. 1975. 1>

겨 울 山

나는 소금

坐板 위 주발이다

장날 폭설이다

지게 목발이다

헤쳐도 헤쳐도

山, 고드름의

저문 山

새발 심지의

燈盞.

<1975. 1>

제 4 부

싸락눈

눈

하늘과 언덕과 나무를 지우랴

눈이 뿌린다

푸른 젊음과 고요한 흥분이 서린

하루하루 낡아가는 것 위에

눈이 뿌린다

스쳐가는 한점 바람도 없이

송이눈 찬란히 퍼붓는 날은

정말 하늘과 언덕과 나무의

限界는 없다

다만 가난한 마음도 없이 이루어지는

하얀 斷層.

<1953. 11>

겨 울 밤

잠 이루지 못하는 밤 고향집 마늘밭에 눈은 쌓이리.

잠 이루지 못하는 밤 고향집 추녀밑 달빛은 쌓이리.

발목을 벗고 물을 건너는 먼 마을.

고향집 마당귀 바람은 잠을 자리.

<1953. 12>

雪　夜

눈보라 휘돌아간 밤
얼룩진 壁에
한참이나
맷돌 가는 소리
高山植物처럼
늙으신 어머니가 돌리시던
오리 오리
맷돌 가는 소리.

<1953. 12>

엉 겅 퀴

잎새를 따 물고 돌아서잔다
이토록 갈피없이 혼들리는 옷자락

몇 발자국 안에서 그날
엷은 웃음살마저 번져도

그리운 이 지금은 너무 멀리 있다
어쩌면 오직 너 하나만을 위해

기운 피곤이 보랏빛 홍분이 되어
슬리는 저 능선

함부로 폈다
목놓아 진다.

<現代文學・1956. 10>

땅

나 하나
나 하나뿐 생각했을 때
멀리 끝까지 달려갔다 무너져 돌아온다

어슴푸레 燈皮처럼 흐리는 黃昏

나 하나
나 하나만도 아니랬을 때
머리 위에
은하
우러러 항시 나는 엎드려 우는 건가

언제까지나 作別을 아니 생각할 수는 없고
다시 기다리는 位置에선 오늘이 서려
아득히 어긋남을 이어오는 고요한 사랑

헤아릴 수 없는 상처를 지워

찬연히 쏟아지는 빛을 주워 모은다.

<현대文學·1950. 4>

가을의 노래

깊은 밤 풀벌레 소리와 나뿐이로다
시냇물은 흘러서 바다로 간다
어두움을 저어 시냇물처럼 저렇게 떨며

흐느끼는 풀벌레 소리……
쓸쓸한 마음을 몰고 간다
빗방울처럼 이었는 슬픔의 나라
後園을 돌아가며 잦아지게 운다
오로지 하나의 길 위
뉘가 밤을 絕望이라 하였나
말긋말긋 푸른 별들의 눈짓
풀잎에 바람
살아 있기에
밤이 오고
동이 트고
하루가 오가는 다시 가을밤
외로운 그림자는 서성거린다

찬 이슬밭엔 찬 이슬에 젖고

언덕에 오르면 언덕

허전한 수풀 그늘에 앉는다

그리고 등불을 죽이고 寢室에 누워

호젓한 꿈 太陽처럼 지닌다

허술한

허술한

풀벌레와 그림자와 가을밤.

<現代文學・1955. 6>

黃土길

落葉 진 오동나무 밑에서
우러러보는 비늘구름
한 卷 册도 없이
저무는
黃土길

맨 처음 이 길로 누가 넘어갔을까
맨 처음 이 길로 누가 넘어왔을까

쓸쓸한 흥분이 묻혀 있는 길
부서진 烽火臺 보이는 길

그날사 미음들레꽃은 피었으리
해바라기만큼한

푸른 별은 또 미음들레 송이 위에서
꽃등처럼 주렁주렁 돋아났으리

푸르다 못해 검던 밤하늘

빗방울처럼 부서지며 꽃등처럼

밝아오던 그 하늘

그날의 그날 별을 본 사람은

얼마나 놀랐으며 부시었으리

사면에 들리는 威嚴도 없고

江언덕 갈대닢도 흔들리지 않았고

다만 먼 火山 터지는 소리

들리는 것 같아서

귀 대이고 있었으리

땅에 귀 대이고 있었으리.

<現代文學 · 1956. 1>

코스모스

曲馬團이

걸어간

허전한

자리는

코스모스의

地域

코스모스

먼

아라스카의 햇빛처럼

그렇게

슬픈 언저리를

에워서 가는

緯度

참으로

내가

사랑했던 사람의

一生

코스모스

또 영

돌아오지 않는

少女의

指紋

<現代文學・1957. 11>

뜨 락

木瓜나무, 구름

소금 항아리

삽살개

개비름

主人은 不在

손만이 기다리는 時間

흐르는 그늘

그들은 서로 말을 할 수는 없다

다만 한 家族과 같이 어울려 있다

<現代文學·1958. 9>

울타리 밖

머리가 마늘쪽같이 생긴 고향의 少女와
한여름을 알몸으로 사는 고향의 少年과
같이 낯이 설어도 사랑스러운 들길이 있다

그 길에 아지랑이가 피듯 태양이 타듯
제비가 날 듯 길을 따라 물이 흐르듯 그렇게
그렇게

天然히

울타리 밖에도 花草를 심는 마을이 있다
오래오래 殘光이 부신 마을이 있다
밤이면 더 많이 별이 뜨는 마을이 있다.

<現代文學・1959. 2>

雜 木 林

落葉 져
비인
雜木林은
허술한

마을
食後 風景,

사락 사락 싸락눈

비뚤어진, 기둥에 온다

논길 살얼음에 온다

候鳥가 운다,

落葉 져

벌거숭이

雜木林은

朝夕으로

쓸쓸한 마을

초가 지붕.

<現代文學·1959. 8>

秋　日

나직한
담
피리 부네요

귀에
가득
갈바람 이네요

흩어지는 흩어지는
汽笛
꽃씨뿐이네요.

<現代文學・1960. 2>

故　　鄕

눌더러 물어볼까 나는 슬프냐 장닭 꼬리 날리는 하얀
바람 봄길 여기사 扶餘, 故鄕이란다 나는 정말 슬프냐.

<1960. 3>

葉　書

들판에

차오르는

배추

보러 가리

길이

언덕

넘는 것

가다가

단풍

美柳나무버섯 따라가리.

<現代文學·1961. 12>

佳 鶴 里

바다로 가는 하얀 길

소금 실은 貨物自動車가 사람도 싣고

이따금 먼지를 피우며 간다

여기는 唐津 松岳面 佳鶴里

가차이 牙山灣이 빛나 보인다

발밑에 싸리꽃은 지천으로 지고.

<1962. 6>

散　　見

해종일 보리 타는

밀 타는 바람

논귀마다 글썽

개구리 울음

아 숲이 없는 山에 와

뻐국새 울음

駱駝의 등 起伏 이는 丘陵

먼 오디빛 忘却.

<1958. 7>

木 瓜 茶

앞산에 가을비

뒷산에 가을비

낯이 설은 마을에

가을 빗소리

이렇다 할 일 없고

기인긴 밤

木瓜茶 마시면

가을 빗소리.

<1962. 10>

봄

종달새는
빗속에 울고 있었다

각시풀은
우거져 떨고 있었다

송사리떼 폐 짓는
징검다리 빨래터

그
길섶

두고 온
日暮.

<1964. 1>

옛 사람들

비슷비슷한 이름들이

건들 八月

모스러진 섬돌,

잿무덤 속에서

장독까지

치켜든 대싸리 속에서

窓紙에서도

한낮에

두세두세 나오는가 옛

사람들

<1964. 1>

某　日

1

쌀 씻는 소리에
눈물 머금는 未明

봉선화야

기껍던 일
그 저런 일.

2

노랗게 물든 미류나무 길섶 먼

고향길 해야 지는가

아버지

어머니

같은 사람들

느릿느릿 뒷짐 지르고 가는

木瓜빛 물든 길섶 해야 지는가

3

들깨 냄새가 나는 울안

골마루 끝에 매미 울음 스몄는가

목을 늘여

먹던 금계랍의 쓴 맛.　　　　<現代文學·1964. 1>

고추잠자리

비잉 비잉 돈다
어릴 때 하늘이

물빛 대싸리 위에만
뜨던 고추잠자리떼
하늘이

알몸에 고여
빙빙빙 돈다

부질없는 이 午後의 熱
늦은 時間이 內衣를 적신다.

<現代文學 · 1965. 1>

저 녁 눈

늦은 저녁때 오는 눈발은 말집 호롱불 밑에 붐비다

늦은 저녁때 오는 눈발은 조랑말 발굽 밑에 붐비다

늦은 저녁때 오는 눈발은 여물 써는 소리에 붐비다

늦은 저녁때 오는 눈발은 변두리 빈터만 다니며 붐비다.

<月刊文學 · 1969. 4>

三　冬

어두컴컴한 부엌에서 새어나는 불빛이여 늦은 저녁
床 치우는 달그락 소리여 비우고 씻는 그릇 소리여
어디선가 가랑잎 지는 소리여 밤이여 섧은 盞이여

어두컴컴한 부엌에서 새어나는 아슴한 불빛이여.

<現代文學・1969. 7>

水 中 花

바람처럼 앉아 아무 데도 발을 디딜랴 하지 않았다. 더
더 더 좀 크고 싶었던 所望이

어쩌다 물 속에 태어나 한치 풀꽃으로 자라 머리올처럼
가는 물거품에 뜨다.

<1969. 11>

작은 물소리

푸르른 달밤 풀벌레 울음 멎고

낮게낮게 흐르는 물소리

멀어졌다 가까와졌다 寢床 밑바닥을

幻이 굴리는 悔恨의 작은 물소리

속삭이듯 흔들리어

이제는 귓속에까지 들어와

비틀거리는 물소리 아 풀벌레 소리

<1967. 10>

장   갑

눈길에 버려진 한짝 장갑 헤어진 장갑

男子의 장갑

지우고 지운 欲望 같애

보고 주워보는

가벼운 가벼운 感傷의 날개

<1965. 12>

靜　物

고양이 목에 두른

방울소리

들었는 능금

아가가 베먹다

소르르 잠이 든

능금

거울 속 능금

흐릿한 불빛 앉은 능금

구석지에 흩어진 껍질마저도 印象的인

한밤의 능금

애초는

부드러운 부드러운

神의 音聲이 들었던 능금

<1965. 11>

두 멧 집

자욱이 버들꽃 날아드는 집이 있었다

한낮에 개구리 울어쌓는 집이 있었다

뉘우침도 설레임도 없이

송송 구멍 뚫린 들窓

안개비 오다 마다 두멧집이 있었다

<1963. 5>

그늘이 흐르듯

五月은,

초록

비 젖어

허전한

SPELL

가슴에,

밀려

일찍

없었던 맘.

물에

그늘이 흐르듯

흐르는 그리움,

아 五月은

외로운

SPELL,

비로 엮는

가슴.

생각다 생각해

腐蝕하는

映像.

<現代文學・1962. 5>

둘 레

산은

산빛이 있어 좋다

먼 산 가차운 산

가차운 산에

버들꽃이 흩날린다

먼 산에

저녁해가 부시다

아, 산은

둘레마저 가득해 좋다

<現代文學 · 1960. 9>

寒　食

溪谷에　흐르는　물소리를
철쭉꽃　홀로　듣고　있다

溪谷에　흐르는　물소리를
부엉새　홀로　듣고　있다

溪谷에　흐르는　물소리를
나그네　홀로　듣고　있다

溪谷에　흐르는　물소리를
溪谷이　홀로　듣고　있다

<1958. 5>

故鄕素描

푸른 江心 배다리가 내려다보이는

故鄕땅 旅舘집

뒷담은 치지 않고

마당가 군데군데

마른 꽃대 풀대 등을 대고 있었다.

저녁床에 나온 상수리 묵접시

갈밭을 나는 기러기,

그림 들어 있었다.

들길 따라 찬 비는 오고 있었다.

<1958. 3>

鍾 소 리

봄바람 속에 鍾이 울리나니
꽃잎이 지나니

봄바람 속에 뫼에 올라 뫼를 나려
봄바람 속에 소나무밭으로 갔나니

소나무밭에서 기다렸나니
소나무밭엔 아무도 없었나니

봄바람 속에 鍾이 울리나니
옛날도 지나니

<1954. 3>

朴龍來　略傳

李　文　求

　군자와 군자는 비록 세월이 다르되 길이 같고, 소인과 소인은 세상이 달라도 역시 한 무리일 뿐이라는 옛말이 있다.
　인간이 물질에 대해서는 제법 인간다운 행세를 하면서도, 한 어리인 인간에 대해서는 짐승 노릇이 도리인 줄로 아는 세상을 지금으로써 증명하니, 옛말이 도리어 오늘에 이르러 그 뜻이 나타났음은 실로 딱한 일이라 아니할 수 없다.
　그러나 생각이 있는 사람들은 그리 걱정을 하지 않는다. 스스로 분수를 가늠하여 삶의 줏대로 삼고, 타고난 숨이 다 되면 하릴없이 자리를 뜨되, 일생을 지녀온 고운 얼까지도 남에게 물려주고 가던 대인(大人)이 드물지 않았음을 그들은 그들 나름으로 알고 있은 까닭이었다.
　이런 난세에도 하늘은 높으나 고개를 숙여야 하고 땅이 넓어도 길이 아니면 얼씬을 말아야 한다고 이르던 한 아름다운 이가 있었다.
　박용래 선생이 바로 그 사람이었다. 살아서는 그의 작품을 모르던 이가 없고, 죽어서는 그의 이름을 지울 이가 없을 터임에 세상은 그를 일컬어 시인이라 한다.

일찌기 "배추씨처럼 사알짝 흙에 덮여 살고 싶다"고 했던 그는, 꽃그늘과 풀그늘이 서로 다르지 않음을 능히 알면서도 셈은 남과 같지 않았으니, 마침내 몸소 자기 곳을 찾아 오십 추(五十秋) 남짓 되는 생애를 초야에 묻혀 다하였다.

그는 조상 적 이름의 풀꽃을 사랑하여 풀잎처럼 가벼운 옷을 입었고, 그는 그보다 술을 더 사랑하여 해거름녘의 두 줄기 눈물을 석 잔 술의 안주로 삼았다. 그는 그림을 사랑하여 밥상의 푸성귀를 그날치의 꿈이 그려진 수채화로 알았고, 그는 그보다 시를 더 사랑하여 나날의 생활을 시편(詩篇)의 행간에 마련해 두고 살았다. 그는 나물밥 30년에 구차함을 느끼지 않았고, 곁두리 30년 탁배기에도 아쉬움을 말하지 않았다. 달팽이집이라도 머리만 디밀 수 있으면 뜨락에 풀포기를 길렀고, 저문 황토길 오십리에도 달빛에 별밭이 어리면 뒷덜미에 내리던 이슬조차도 눈물겹도록 고마와하였다.

아아, 앞에도 없었고 뒤에도 오지 않을 하나뿐인 정한(情恨)의 시인이여. 당신과 더불어 산천을 떠난 그 눈물들, 오늘은 어느 구름에 서리어 서로 만나자 하는가.

박용래 선생을 처음 만난 것은 1969년 가을의 어느 토요일 오후였다.

월간 현대시학사가 주관했던 '작품상' 제1회 시상식이 열리는 신문회관 강당에 들어서면서, 나는 단상에 놓여 있던 두 송이의 꽃에 시야가 가려져 더는 발자국을 옮기지 않았다. 하나는 해설핀 울타리의 가녀린 들국화요, 하나는 여름 장마에 되살아난 장독대 옆의 엷은 백일홍이었다.

내가 백일홍 잎사귀에서 가난의 땟국을 엿보다 말고 시선을 옮긴 순간, 잔뜩 주눅이 들어 촌티가 뚝뚝 흐르던 들국화가 수줍은 미소를 머금었다. 박시인이 나를 알아보고 얼결에 떠올린 반색이었다. 나는 그의 수상작품인 「저녁눈」을 먼저 알고 그제서야 시인을 찾아간 셈이었지만, 막상 시상식 장의 단상에 오른 것은 한 편의 시요, 그전에 읽은 「저녁눈」이 정작 시인의 얼굴이었음을 비로소 깨닫고 있었다.

　　늦은 저녁때 오는 눈발은 말집 호롱불 밑에 붐비다
　　늦은 저녁때 오는 눈발은 조랑말 발굽 밑에 붐비다
　　늦은 저녁때 오는 눈발은 여물 써는 소리에 붐비다
　　늦은 저녁때 오는 눈발은 변두리 빈터만 다니며 붐비다.

　나는 시상식이 끝나자 「저녁눈」을 외어가며 붐비는 시상 식장을 빠져나와 붐비던 저녁때를 한참이나 걸었다. 그때는 지금보다도 명색이 없던 한갓 문학청년에 지나지 않았으니, 중견 시인이 얼굴을 짐작해준 한 가지 사실만으로도 나의 감 격에는 충분한 근거가 있었다.

　그로부터 10년, 나는 박시인을 마음으로 모셨다. 모시다니, 이 얼마나 뻔뻔스럽고 떳떳치 못한 수작인가. 박시인에게는 필경 나 같은 것처럼 성가시고 주체스러운 짐이 없었을 것이 다. 나는 그 악몽 같은 한국문인협회의 이사장 선거를 비롯, 문단에 잡스러운 일이 벌어질 때마다 그를 단골로 찾아가 물 리도록 볶으며 귀찮게만 굴었지 정녕 사람 노릇 한번을 못해 본 터였다. 그러나 그는 한번도 꺼려하는 내색조차 얼비치 지 않았다. 나의 되잖은 행티나 같잖은 주접에도 눈썹 한번 을 서슴거리거나 뜨악해하지 않았다. 그것은, 하는 짓이 가 당치 않아도 짐짓 눌러보고 넘어가는 물렁한 성품이어서가 아니었다. 박시인의 정신은 본디 그것과 반대쪽에서 남이 우 러러보도록 우뚝했던 것이다. 그는 하찮은 일에서도 경위를 어그려 눈밖에 나면 절대로 그냥 두는 법이 없었다. 결 곧기

로 대쪽이요, 못내 맑다 못해 여울의 물그림자가 그 버금가
던 품성에 미루어보건대, 나의 버릇없는 억지, 본데없는 우격
다짐, 소갈머리 없는 투정 따위를 오냐오냐 받자 하여 준 것
은, 그것이었다. 다만 나를 아껴주려던 여린 인정 한 가지.

하지만 아끼는 후배라 하여 곁길로 번놓이던 싹수까지 쉬
쉬하고 덮어주려 했던 것은 아니었다. 한번은 한나절에 벌인
술판이 오밤중까지 갔던 자리에서

"박선생님은 호서(湖西)의 대표적인 시인이시니까……"
하고 무심히 지껄이며 무슨 말인가를 이으려 하였다가 벼락
같은 호통소리에 고개를 못 들은 적이 있었다.

"야 임마! 한국의 대표시인두 션찮은디 호섯지방? 이런
싸가지 읎는 늠 보게. 야, 니가 원제버텀 이문구간디 그렇게
변했네? 워느 결에 벌써 그리 변헌 겨? 세월 참 이르다 일
러……"

나는 아무리 질탕한 술자리라 해도 객적은 소리는 함부로
지껄일 수 없음을 뒤미쳐 깨달았거니와, 그 비슷한 핀잔과
지청구와 구박은 그 뒤로도 한두 번 들은 것이 아니었다.

"니가 김동리씨의 뭐이냐? 양아들이냐 의붓아들이냐? 그
댁 머슴이냐 들무새냐? 니가 뭐이간디 사사건건이 그 양반
을 업구 촐랑대는 겨?"

이것은 문단이 시끄러울 때마다 조연현씨를 비난하던 나에
게 종주먹을 대가며 따져쌓던 박시인의 충고였다. 그런데 그
중에서도 인상이 깊던 것은 1973년 8월 며칠경엔가에 있은 일
이었다. 시인 이 아무가 자기의 고향이 좋다 하여 작가 유광
우씨와 함께 옥천을 가다 말고 대전에 머문 날이었다.

우리 일행은 차 시간에 늦어 막차를 놓쳤으므로 대전에서
하룻밤을 묵어 올 수밖에 없었다.

나는 저녁 어스름에 밀려 온종일 삶던 더위가 그음하려 하

자 목척교 옆의 허름한 탁배기집으로 박시인을 불러 모셨다. 내가 초면인 유씨·이씨를 인사시키자 박시인은 무슨 바람이 불어 옥천같이 빼어난 고장을 다 둘러보게 되었더냐고 여간 기특해하여 마지 않았다. 이에 힘입었는지 이씨는 시키지도 않은 옥천 지방의 산수(山水)를 자랑삼아 덧거리하였다. 그러자 박시인은 대번에 이씨를 겨누어보며 "산 좋고 물 좋은 것은 어느 두메나 일반인데 시인이 고향을 쳐들면서 어떻게 물경풍치(物景風致)만을 떠들 수 있는가. 그런 것은 관광객에게 맡기고 시인이라면 모름지기 자기 고을이 배출한 시인부터 기리는 것이 마땅하지 않은가" 하고 바로잡아 준 다음

  "내가 옥천을 기억하는 건 오로지 시인 정지용을 낳은 땅이기 때문이오."

하며 첫잔을 들어 서운한 마음을 가시려고 하였다. 나와 유씨가 숙연히 고개를 숙일 때였다. 물정 모르는 이씨가

  "그런가요? 나는 정지용이가 우리게 사람인 줄도 몰랐네……" 하며 새퉁스런 소리로 두런거렸다. 박시인의 결곡한 성미를 알고 있던 내가 이제는 큰일 났구나 싶어 민망한 낯을 둘 데 없어 하던 순간이었다. 바람벽에서 벼락치는 소리가 터지면서 박시인의 성난 음성이 귓전을 갈겼다.

  "야, 이문구, 너 정말 한심하구나. 너는 이런 것밖에 친구가 읎네? 정지용이 제 고향 선배인 줄두 모르는 이런 무녀리두 시인 명색이라구 하냥 댕기는 겨? 이런 것두 사람이라구 마주 앉어 술 마시네?"

  박시인은 술잔을 벽에 던져 박살내고도 성이 안 풀려 자리를 박차고 나가버리는 것이었다. 나는 뒤미처 따라나가 다른 술집으로 모시고 공자왈 맹자왈 앞뒤를 누누이 변명했지만 그의 옹이진 마음은 저녁내 풀어지지 않았다.

  그 바람에 그날은 박시인도 모처럼 눈물을 보이지 않았다.

아마도 울 일이 없었기에, 아니 울 겨를이 없었기에 끝끝내 화가 풀리지 않았는지도 모를 일이었다.

박시인은 눈물이 많았다. 그렇게 불러도 된다면 가위 눈물의 시인이 그였다.

그러나 박시인의 눈물은 아무나 흘릴 수 있는 여느 중생들의 그것이 아니었다. 그는 가난에 울지 않았고 애달픔에 울지 않았고 외로움에 울지 않았다. 그렇다. 그로 하여금 눈물을 자아내게 한 것은 삶의 부질없음, 누리는 것의 덧없음, 헤어짐의 속절없음 따위, 인생의 유전(流轉)에서 오는 삼재 팔난(三災八難)이 아니었다.

그는 자주 울었다. 내가 울지 않던 그를 두 번밖에 못 보았을 정도로 그리 흔히 울었다.

모든 아름다운 것들은 언제나 그의 눈물을 불렀다. 갸륵한 것, 어여쁜 것, 소박한 것, 조촐한 것, 조용한 것, 알뜰한 것, 인간의 손을 안 탄 것, 문명의 때가 아니 묻은 것, 임자가 없는 것, 아무렇게나 버려진 것, 갓 태어난 것, 저절로 묵은 것…… 그러기에 그는 한 떨기의 풀꽃, 한 그루의 다복솔, 고목의 까치둥지, 시래기 삶는 냄새, 오지굴뚝의 청솔 타는 연기, 보리누름철의 밭종다리 울음, 삘기 배동 오르는 논두렁의 미류나무 호드기 소리, 뒷간 지붕 위의 호박넝쿨, 심지어는 찔레덤불에 낀 진딧물까지, 그는 누리의 온갖 생령(生靈)에서 천체의 흔적에 이르도록 사랑하지 않은 것이 없었으며, 사랑스러운 것들을 만날 적마다 눈시울을 붉히지 않은 때가 없었다.

누이야 가을이 오는 길목 구절초 매디매디 나부끼는 사랑아
내 고장 부소산 기슭에 지천으로 피는 사랑아
뿌리를 대려서 약으로도 먹던 기억

여학생이 부르면 마아가렛
여름 모자 차양이 숨었는 꽃
단추 구멍에 달아도 머리핀 대신 꽂아도 좋을 사랑아
여우가 우는 秋分 도깨비불이 스러진 자리에 피는 사랑아
누이야 가을이 오는 길목 매디매디 눈물 비친 사랑아.

「구절초(九節草)」를 보면 그 눈물의 내력이 멀지 않음을 짐작할 수 있다. 박시인의 눈물은 그의 연륜(年輪)과 동반하여 흘러왔다. 1973년 가을, 나는 연작소설 「관촌수필(冠村隨筆)」을 쓰면서 박시인의 눈물을 다음과 같이 곁들였다.

그러께, 눈발이 희뜩거리던 겨울 어느 날 이른 아침, 갑자기 내가 보고 싶어져 무턱대고 새벽 첫차로 상경했노라며, 내가 출근하기 전부터 내 근무처 건물의 지하다방에서 기다리고 있었던 박용래씨만 해도, 그가 정과 한에 어혈이 든 눈물의 시인이라는 사실을 깨닫게 된 것은 실로 그날 아침의 일이었다.

아침 9시부터 백제 유민(百濟遺民) 박씨와 나는 난로가 후끈한 중국집 식탁에 늘어붙어, 창밖에 쏟아지는 함박눈을 내다보며 고량주를 마셨다. 하늘의 선심 같은 푸짐한 눈발 때문이었겠지만, 씨는 불쑥 밑등도 없는 말을 내놓았다.

"왜정 때 내가 조선은행(한국은행)에 댕길 적에 말여……"

씨는 전재민같이 야윈 손가락으로 고량주잔을 삼키고 나서 말했다.

"조선은행권 현찰을 곳간차에 가득 싣고 경원선(京元線)을 달리는디, 블라디보스독까지 논스톱으로 달리는디 말여……"

"경비원으로 묻어 갔더라, 그 말이시구먼."

“야, 너 웨 그러네? 웨 그려? 이래 뵈두 무장 경호원이
본인을 경호허던 시절이 있어야. 현찰 운송 책임을 내가 자
원했던 거여. 너 참 이상해졌다야. 웨 그려? 오— 그
눈…… 그 눈송이…… 그 두만강……”
　　“…………”
“이까짓 눈두 눈인 중 아네? 눈인 중 알어? 너두 한심
허구나야. 원산역을 지날 때 눈발이 비치더니, 청진을 지
나니께 정신없이 쏟어지는디, 아— 그런 눈은 처음이었었
어…… 아— 그 눈…… 그 눈……”
　그는 이미 떨리는 음성이었고 두 눈시울에는 벌써 삼수갑
산 저문 산자락에 붐비던 눈송이가 녹으며 모여 토담집 부
엌 두멍처럼 넘실거리고 있었다.
“차가 두만강 철교를 근너가는디…… 오! 두만강…… 오,
두만강! 내 눈에는 무엇이 보였겠네? 눈! 그저 눈! 쌓
인 눈, 쌓이는 눈…… 아무것두 안 보이구 눈천지더라. 그
눈을 쳐다보는 내 마음은 워땠겠네? 이 내 심정이 워땠겠
어?”
“워땠는지 내라 봤으야 알지유.”
“그러냐. 야, 너두 되게 한심하구나야. 그래가지구 무슨
문학을 헌다구. 나는……나는 울었다. 그냥 울었다. 두만
강 눈송이를 바라보며 한없이 그냥 울었단 말여……”
　어느덧 그의 양어깨에 두만강의 물너울이 실리면서 두
볼에는 강이 흐르고 있었다. 식민지 시대의 두만강이 흐르
고 있었다.
“오, 두만강…… 오, 두만강의 눈…… 오…… 오……”
　그는 아침 9시 반부터 두만강을 부르며 울기 시작하여,
그날 밤 9시 반 넘어 여관방에 쓰러져 꿈결에 ‘두만강의 뱃
노래’를 부를 수 있게 되기까지 쉬지 않고 울었다.

박용래 시인은 1925년 음력 정월 14일, 충청남도 논산군 강경면 중앙동에서 밀양 박씨 가문의 3남 1녀 중 늦둥이 막내로 태어났다.

아버지 박원태(朴元泰)씨가 고향인 부여군 부여면 관북리 70번지에서 소지주(小地主)의 넉넉한 살림을 대강 정리하여 강경으로 나온 것은 자녀들의 교육에 남다른 열의가 있었기 때문이었다. 그는 한말의 유생(儒生)으로서 한학과 한시(漢詩)에 일가를 이룬 것으로 원근의 유림(儒林)에서 일러온 터였지만, 평양·대구와 더불어 전선(全鮮)의 3대시장으로 꼽힐 만큼 육운과 수운이 교차하는 교통의 요로로서 그리고 내포평야(內浦平野)의 농산과 금강으로 올라온 새로운 문물의 교역처로 중부 이남의 상권을 흔들던 강경에 발판을 다지려 했던 것은, 개화기에 따른 의식이 남보다 뒤지지 않았던 결과였다. 금강을 대문으로 삼고 논산천과 강경천을 옆에 두어 삼남(三南)의 보고(寶庫)로 불리던 내포평야는, 미맥 위주의 주곡을 비롯, 모시와 해산물의 집산지로서도 조선시대 이래의 큰 장이었다. 더우기 강경상업학교는 전국에서도 손꼽히던 명문이었다. 박원태·김정자(金正子)씨 부부는 중앙동에 정착하자 봉래(鳳來)·학래(鶴來)·홍래(鴻來)의 학업을 뒷바라지하는 한편으로 막내동이를 낳았고, 봉황과 학과 기러기의 날개 항렬보다 좀더 상서로운 영물을 찾아 부르니 그것이 곧 용래라는 이름이었다.

저녁 노을이 유난히 짙어 놀뫼(黃山)라 부르던 채운산(彩雲山) 산자락과 부여를 잇는 놀뫼나루, 황산천과 황산교, 죽마(竹馬)를 타고 오르내렸던 서편의 옥녀봉(玉女峰)들은 뒷날 민요풍(民謠風)의 그윽한 가락을 홀로 읊게 될 한 시인의 어린 시절을 건강하게 키웠다.

홍래 누이는 막내가 중앙보통학교에 입학하고부터 한시도

딴전 볼 겨를이 없었다. 부모가 연만한데다 하나뿐인 누이를
누구보다도 옴살로 따랐기 때문이었다.
  박시인은 홍래 누이를 따라 변두리로 다니며 노는 일이 잦
았다. 채운산 너머 부투골, 낭청이, 까치말과 채운들 저쪽의
용답굽, 돌꽃메, 두테골, 거름실 등 그들 오뉘의 발길이 미
치지 않던 곳이 드물었다.

　　난
　　彩雲山
　　민둥산
　　돌담 아래
　　손 짚고
　　섰는
　　성황당
　　허수아비
　　댕기풀이
　　허수아비
　　난.

  시 「마을」에서 엿볼 수 있듯이, 놀뫼와 나루, 논티(論山)
의 들녘들은 그로 하여금 자연과의 일체감을 처음 터득하게
했던 본바닥이었다. 그는 그곳에서 시의 씨앗을 받았다. 그
리하여 그 씨앗들은 뒷날 대싸리, 모과, 능금, 이끼, 달개비,
민들레, 엉겅퀴, 괭이풀, 목화다래, 상수리, 수수이삭, 미류
나무, 원두막, 바자울, 쇠죽가마, 잉앗대, 횃대, 멍석, 모깃
불, 성황당, 옹배기, 목침, 베잠방이, 얼레빗, 실타래, 옥양
목, 까마귀, 동박새, 반딧불, 베짱이, 소금쟁이, 물방개, 버
들붕어, 메기, 쏘가리 등 우리 겨레가 아니면 아무런 의미도

없을 시어(詩語)로 엮글어 양지바른 두메의 붙박이 정서를
자아내게 된다.

그는 세번째 시집인 『백발(白髮)의 꽃대궁』을 엮은 서문에
서 "하눌타리, 호박잎에 모이는 빗소리, 수레바퀴, 멍멍이,
빈잔 등은 내가 찾는 소재. 우렁 껍질, 먹감, 진눈깨비, 조랑
말, 기적(汽笛), 홍래(鴻來) 누이 등은 내가 즐겨 찾는 소재.
옷을 깁고 싶다. 당사실 같은 언어로 떨어진 시인의 옷을 깁
고 싶다. 한뜸 한뜸 정성스레 깁고 싶다"고 말했다. 아무도
거들떠보지 않는 토속적인 사물을 통해 흐려져가는 것들을 노
래하노라면 얼핏 누추하고 초라해 보일 수도 있다. 하물며 물
질신앙의 간증인 산업문화의 소화에 벅차 위궤양이 만연된
이 시대임에랴. 당사실로 호아놓은 바늘땀처럼 일견 초연한
맵시로 속세와의 알리바이를 행간에 갈무리하는 솜씨도 그
같은 시인의 고독에서 나온 것이 분명하였다.

그는 강경상업학교에 입학을 했던 1939년의 1학년 초엽부
터 누구의 눈에나 쉽게 띌 만큼 여러가지로 남다른 재능을 인
정받았다. 그는 전과목의 우등생이었을 뿐 아니라 품행에서
도 남의 본보기로 마땅하였으며, 특히 미술에서 재질을 드러
내어 미술반장의 구실에도 정성을 다하였다.

강경상업학교는 그의 생애를 가름했던 가장 중요한 고비의
어설픈 체제였다. 사춘기의 꿈과 낭만을 지레 접어버린 것이
이때라면, 실의와 허무감의 동거인으로서 시련에 의한 타율
적인 성장을 이룬 것도 그때였다. 주산(珠算) 우위의 상업적
인 교육에서 한몸에 촉망을 모으고도 비상업적인 관심을 키
울 수 있었던 것은 타고난 소질과도 무관한 것이었다. 전교
의 수석 졸업생, 학교를 대표하던 정구선수, 구령 한마디로
전교생을 거느렸던 대대장 등 공인적인 위치를 떠날 수 없
었던 학창 경력들도 무릇 위임사항에서 그쳤을 뿐이었다.

그렇지만 그런 속에서도 정신적인 숙성을 부추긴 것은 문학이었다.

장터에서 일어나 시림(詩林)이 되기까지, 그의 연보(年譜)에서 누구도 누락시킬 수 없는 사건은, 동기(同氣) 이상의 이상적인 여인상이었던 홍래 누이와의 갑작스런 영결(永訣)이었다.

놀묏내 건넛마을로 시집을 갔던 홍래 누이가 초산의 산고로 이승을 뜬 것은 아무래도 너무 이른 2학년 어름이었다. 누이와의 사별은 그의 여러 작품에 떨리는 가락으로 스며 있을 정도로 여운도 긴 아쉬움이었다.

벗가리 하나하나 걷힌
논두렁
남은 발자국에
딩구는
우렁 껍질
수레바퀴로 끼는 살얼음
바닥에 지는 햇무리의
下棺
線上에서 운다
첫 기러기떼.

──「下棺」 전문

그의 시들은 남의 추측을 불허할 만큼 세필(細筆)에 의한 소묘로서 전위적인 추상(抽象)마저도 원천적으로 포괄하지만, 가을 하늘의 가장 분명한 사건인 기러기떼의 이미지를 통하여 기러기처럼 왔다가 기러기같이 날아간 숙명적인 이름 '홍래'의 애도로 이해할 경우, 보다 가급적(可及的)인 정한을

241

느끼게 되는 것이다.

　梧桐꽃 우러르면 함부로 怒한 일 뉘우쳐진다.
　잊었던 무덤 생각난다.
　검정 치마, 흰 저고리, 옆가르마, 젊어 죽은 鴻來 누이
생각도 난다.

──「담장」 부분

　홍래 누이를 묻으면서 비롯된 허무감은 활달하고 숫기 있
던 본래의 성격까지 문득 내성적인 규모로 다듬어 보다 서정
적인 품위를 마련하여 주었다. 그는 자기도 모른 사이 삶에
대한 회의, 신불(神佛)에의 불신임, 그리고 개체적인 고독과
사사로운 우수의 늪으로 시선을 돌린 것이었다.
　명문 학교의 우등생 내지 대대장이라는 명함과 곱상한 외
모는 신흥 상업도시의 개방적인 분위기와 죽이 맞아, 자연
과년한 읍내 여학생들의 유심한 눈총을 불가피하게 하였다.
여학생들의 서슴없는 유혹은 그러나 그네들의 나이에 수포로
돌아갔던 누이의 그림자만을 겹으로 드리우게 했을 뿐, 웃음
을 잣지 못하던 내향적인 체질을 자극하기에는 객적인 단서
조차도 되지 못하였다.
　그는 등교길과 방과후가 지겨웠다. 여학생들의 뚫어지는
시선이 싫어 일껏 반달음질로 줄행랑을 놓노라면 반드시 돌
멩이 몇 개가 발꿈치를 겨냥하고 굴러오던 때문이었다. 누가
있거나 없거나 장터만 나오면 그 지경으로 사람을 잡으려 들
었다. 답답다 못한 여학생들이 부앗김에 팔매질을 해쌓던 것
이다.
　1943년 봄, 강경상업학교를 갓 졸업했던 그는 읍내 여학생
들의 선망과 원망을 한짐 잔뜩 진 채, 백마장에 맡겨진 기겟

242

배(발동선)에 올라 산 따라 물 따라 흘러가고 있었다. 조선
은행 군산지점으로 구두시험을 치러 가는 행차였다.

명문 상업학교의 수석 졸업생에게는 무의미한 필기시험으
로 공연한 번거로움을 강요하지 않았다. 구두시험도 다만 형
식이나 갖추기 위한 사무적인 절차에 지나지 않았다.

그의 첫 발령지는 보나마나 서울의 본점이었다. 강경 장터
의 촌닭은 절로 남대문 앞에서부터 제 발이 저려, 장안의 한
다 하는 명기(名妓)는 명월관에 다 모인 신입행원 환영회에
나가서도 당최 숙맥처럼 옴나위를 못하고 있었다. 먹자판,
놀자판, 하자판은 고사하고 이름 모를 음식만 이리 즐비, 저
리 늘비하여 상다리라도 걱정스러운 법이련만, 이 숙맥은 입
다심 한 번 볼가심 두번을 못 해본 채 혼자 뒷전이나 독차지
하고 있었을 뿐이었다.

그에게 주어진 사무는 장차 소각장에 던져져 재티로 날려
없앨 헌 돈을 헤아리는 일이었다. 그것은 금융과 재무에 경제
적인 뜻을 품고 뛰어든 젊음의 긍지나 의욕의 확인은커녕,
두고 보고 놓고 볼수록 애매하게도 비럭질 수준의 권태로운
노동에 그칠 뿐이었다.

3개월 후에 자리를 옮긴 예금계에서 수표·전표 어음을 다
루는 일도 그의 적성일 수는 없었다. 젊음이 용납치 않는 무
소속감의 시작이었다.

뒷날 "서울은 단순하게만 자란, 그래도 조금은 행복한 나
에게 처음으로 고독을 알게 했다. 달개비의 보랏빛이 그립고
황토빛이 그리웠다"고 회고했던 서울에서 그가 아주 보따리
를 싼 것은 그 이듬해(1944)의 일이었다.

서울을 뜬 것은 귀거래사(歸去來辭)의 충동만이 아니었다.
동양극장 뒷골목 한말 나인의 집 문간방에서의 하숙생활도
비위에 맞지 않았고, 이른바 태평양 전쟁을 빌미하여 제국주

의자들의 발악적인 수탈이 빚은 물자의 궁핍도 원인의 하나일 수는 있었다. 게다가 장성 탄광에 토목기사로 있던 백씨(伯氏)가 냅다 직장을 던지니, 형네 집의 여러 입까지 그의 월급날을 손꼽게 된 터이었다.

그러나 무엇보다도 정나미가 떨어지게 한 것은 짝사랑의 아픔이었다. 호소무처의 연정을 술로 마비시키게 했던 여인, 홍래 누이의 그리움을 덜어주면서도 덜어낸 만큼의 마투리를 채워주지 않던 여인, 불입문자(不立文字)의 시를 가슴에 우려 한숨으로 낭독케 했던 여인.

그녀를 만난 것은 광화문 뒷골목이었지만 그녀를 알게 된 곳은 한 세월 이전의 강경읍내였다. 사금파리와 조갑지로 진흙밥을 지으며 고무신 벗어주고 바꾼 엿가락을 둘로 나누었던 소꿉친구, 서캐 실은 도투락 댕기 너풀거리며 자주고름 말아올려 고뿔 훔치던 아이, 그 놀뫼바닥 언년이가 하얀 운동화를 신은 신식여성으로 나타난 것이었다.

벼르고 별러 약초극장(지금의 스카라극장)에서 만나 전택이(田澤二)와 유계선(劉桂仙)의 활동사진을 보며, 변사(辯士)가 툭하면 "했었던 것이었었다"로 목이 메일 때마다 자기 신세 생각에 눈시울을 진물리고, 드디어 희미한 와사등(瓦斯燈)에 수줍어 전봇대 그림자와 키를 재며 사랑을 고백하였을 때, 그때는 오호(嗚呼), "저는 누가 있어요. 미안했어요"라는 세련된 대답이 그녀에게 준비된 지도 여러 참이 지난 뒤였다.

세월은 비정하였고, 서울은 매정하였고, 여인은 무정하였다.

조선은행 대전지점의 개설은 그나마 한가닥 남은 장벽틈의 별구멍이었다. 그는 할 수 있는 꾀를 다하여 대전지점을 자원하였고, 햇내기 행원으로서는 행운에 가까운 계제를 얻어 뜻을 이루게 되었다.

인구 5만의 대전은 목척교 밑에 물새가 앉을 정도로 인간의 옴이 옮으려면 아직 멀었을 때였다.

그는 고향 가까이로 다가왔다는 한 가지 사실만으로도 서울에서 멍든 자국은 수나롭게 지울 수 있었다. 하지만 언제나 하는 일만 같던 무소속감의 고질에는 내놓을 만한 차도가 없었다.

그는 몸의 허당, 마음의 허방을 에우기 위하여 한 가지 않던 짓을 시작하였고, 그렇게 스스로 내린 처방은 차츰 효험을 알도록 하였다. 그것은 남몰래 시를 쓰는 일이었다.

1945년, 드디어 그 지겹던 머슴살이도 면할 날이 왔다. 그렇지만 즐거워하기에는 아직 철이 일렀다. 그의 사표는 징집 영장과 맞바꾼 것이었다. 그는 이른바 '제 2 기 징병'의 해당자였다. 그는 7월 초순에 끌려나가 대전 일원에서 '보국대' 노릇을 하였고, 다음달 열나흗날 저녁에는 밤으로의 긴 여로가 짜여진 군용열차에 짐짝으로 실리는 몸이 되었다. B-29의 공습을 예방하여 담뱃불도 허락되지 않던 칠흑 같은 어두움 속에서 부모의 애절한 흐느낌도 멀리한 채 기차는 윗녘을 향하여 단말마의 비명 같은 기적을 울렸다.

총알받이라는 전장의 소모품으로 끌려가면서 기약없는 목숨임을 확인하며 용산역에 도착한 것은 그 이튿날 한낮이었다. 그리고 그는 보았다. 역사는 하루 사이에 이루어진다는 사실을 두 눈으로 보았다. 그는 뜨거운 눈물을 흘리며 자기를 마중나온 낯선 핫바지들의 품에 안겼다. 그들은 손에 손에 태극기를 흔들며 만세를 부르고 있었다. 그는 온몸으로 그들을 얼싸안았다. 그가 가슴이 벅차게 포옹을 했던 것은 생전 처음 만나보는 자유의 실체였다.

8·15의 광복은 그에게 새로운 진로를 안내하였다. 그는 스

스로 그 길에 들어섰다. 설령 탄탄대로가 아니더라도 좋았다. 엉겅퀴와 청미래 덤불뿐인 굽이굽이의 오르막이라도 좋았다. 그가 들어선 외딴 소롯길은 시업(詩業)만을 닦으려는 구도자의 험로였다. 그는 돈냄새 가득한 은행의 복직을 마다하고 차라리 그늘진 계룡산의 고사리를 택했던 것이다.

동학사와 마곡사는 얼마간 앉아갈 만한 의짓간이 되어 주었고, 꿈꾸는 백마강의 깨어진 달빛이나 고란사의 어슴새벽 쇳종소리, 때없이 낙화삼천(落花三千)의 간 곳을 묻는 사자수의 수수로운 돛폭들은 그로 하여금 한참만의 귀향감에 기지개를 켜게 하였다.

그러므로 한밭(大田)은 아무런 전통도 없는 속성도시였지만, 그것도 뜨내기 드난이의 곁방살이였지만, 그러나 비록 내일 모레의 날씨를 내다볼 여가는 없었을망정, 밤마다 창호지를 두드리는 달빛에 이불을 덮지 않아도 되었고, 물 우리는 김장독의 북두칠성을 집을 것 없는 술상에 건져올리는 일에도 어설프지 않을 수가 있었다.

1946년에 첫발을 내디딘 교편생활은 물질생활의 새로운 궁여지책 이상으로 주목할 만한 변신을 의미하였다. 그가 상업과 국어를 담당했던 계룡학숙(鷄龍學塾)에는 장차 시인이 될 참인 박희선(朴喜宣)씨가 재직하고 있었다. 미술교사 백양(白洋)씨나 영어교사 원영한(元英漢)씨도 마음을 주면 정신을 얻을 만한 매력적인 친구들이었다. 그들은 곧 동백시인회(柊栢詩人會)라는 이름의 시동인(詩同人) 하기로 의기투합을 이루었다. 시조인 정훈(丁薰)씨를 좌상(座上)으로, 뒷날의 시인인 이재복(李在福), 박희선(朴喜宣), 향리인 논산에서 기민중학교에 재직하고 있던 극작가 이전의 하유상(河有祥), 그리고 원영한씨와 그가 그 모임의 동인이었다. 그들은 밤낮이 없이 이름없는 탁배기집에 둘러앉아 술타령, 글타령, 말타령

으로 서로가 격려하였고, 하많은 밤을 앉아 밝히며 문학에
대한 토론과 습작들의 품평회로 조용할 줄을 몰랐다. 더구나
백양씨가 선화동 한복판에 차린 아틀리에는 문학을 이야기하
고 미술을 이해하며, 음악에 곁들여 인생을 의논하기에 다시
없이 좋은 장소였다. 마띠스의 작품 「붉은 하모니」의 원색
복사판이 분위기를 북돋아주던 그 화실의 주인은, 일찌기 화
가이기 이전에 격조 있는 피아니스트였고, 미술이나 음악에
못지않게 사진에도 열을 올리던 정력가여서, 예술의 마성(魔
性)에 깊이 홀려 있던 박시인으로서는 집 다음이 그곳일 수밖
에 다른 도리가 없기도 하였다. 나중에 불란서에서 피아노 연
주자로 두각을 나타내게 되는 그 집의 맏아들 백건우(白建宇)
가 미운 일곱살 여름의 일이었다.

　　들판에
　　차오르는
　　배추
　　보러 가리

　　길이
　　언덕
　　넘는 것

　　가다가
　　단풍

　　美柳나무버섯 따라가리.

——「葉書」 전문

그 무렵의 소산인 「엽서」는 박시인의 주소와 주변의 향토적인 정서에 민요풍의 호흡을 깁는 실험적인 작품이었다. 그는 매흙 빛깔의 천연적인 정서로 계속하여 「5월의 아침」「절벽」「성자(聖者)와 제자(弟子)」 등을 『동백(橙栢)』지에 발표하여 하유상씨의 증언대로 "감각적이며 참신한 작품으로 동인 중에서도 가장 주목을 받는 위치"가 되어가고 있었다.

동인지 『동백』은 1년에 서너 차례씩 동인들의 주머니 형편에 맞추어 간행되었다. 타블로이드 크기의 석판인쇄로 첫선을 보였던 『동백』은 5페이지 안팎의 오죽잖은 주제꼴이었고, 그나마도 셈평이 펴이지 않아 나중에는 골필로 갉작거린 프린트판으로까지 전락을 하게 되지만, 그곳에 발표되는 작품들은 기성문단의 주목을 받기에 부족하지 않아, 청록파의 삼가시인(三家詩人)으로 이미 부동의 존재였던 경주의 박목월씨 같은 이는 자신이 주재하던 동인지 『죽순(竹筍)』을 번번이 기증하여 『동백』지의 증정본에 일일이 답례를 해올 정도였다. 박시인이 평생을 두고 선배로 대우했던 박목월씨와의 왕래도 그 내력은 이로써 비롯된 것이었다.

『동백』과 때를 함께 했던 그의 습작 시절이, 농촌으로 일러지는 전통적인 민중의 애환과 토속적인 정서의 현장인 황토 위에 삶의 뿌리를 내릴 무렵이었음은, 박시인의 시세계가 한 생애에 걸쳐 일관된 주조(主調)의 독특한 경지를 이룰 수 있었던 가장 믿음직한 주석(註釋)이 아닐 수 없었다. 그것은 '글이 곧 사람'이라는 고전적인 예증의 또 다른 물증이었다.

그러나 박시인의 전원우거(田園隅居)는 "날이 새니 일하고 저물어 쉬노라／밭 일구어 끼니 하고 우물로 목 축이니／임금의 다스림이 나와 무슨 상관이랴" 운운의 「격양가(擊壤歌)」와 만리 밖임은 물론이요, "돈푼을 주어 새 도롱이 사 쓰고／다리 밑의 큰 물 하염없이 구경했네／가는 비 휘몰아 바람 점

점 사나워/어깻죽지 웅크리고 사립을 닫았어라. ” 하고 때를 못 만나 야생(野生)하였던 영원한 나그네 매월당(梅月堂, 金時習, 1435~1493)의 포한(包恨)과는 근본이 다른 것이었다.

       댕댕이 넝쿨, 가시덤불
       헤치고 헤치면
       그날 나막신
       쌓여 들어 있네
       나비 잔등에 앉은 보릿고개
       작두로도 못 자르는
       먼 삼십리
       청솔가지 타고
       아름 따던 고사리순
       할머니 나막신도
       포개 있네
       빗물 고인 千의 山
       겹겹이네.

——「千의 산」 전문

　시「천의 산」에서 볼 수 있는 그의 전원은 댕댕이 넝쿨, 가시덤불을 헤치고 고사리를 꺾어, 냇내 나는 청솔가지로 불 때어 삶아 먹으며 보릿고개를 넘기다가 필경은 채독(菜毒)과 부황(浮黃)에 치여 북망산으로 떠난, 작두로도 못 자를 나막신 팔자의 모질게도 가난한 농촌이었다.
　천 줄기 만 갈래로 겹겹이 싸인 가난을 그러나 그는 원수로만 여기지는 않았다.

　샘바닥에

걸린 下弦

얼음을 뜨네
살얼음 속에

동동 비치는 두부며
콩나물

삼십원어치의 아침
銅錢 몇 닢의 出帆

——「샘터」부분

동짓날
시락죽이나
끓이며
휘젓고 있을
귀뿌리 가린
후살이의
木手巾.

——「시락죽」부분

상칫단
아욱단 씻는

개구리 울음 五里 안팎에

보릿짚
호밀짚 씹는

250

日落西山에 개구리 울음.

──「西山」전문

　살얼음을 뜨게 헐벗어가며 동짓날에도 역사 속의 팥죽 대신 현실 속의 시래기죽이나 휘젓고, 푸성귀에 콩나물 30원어치도 과분하여 보릿짚, 호밀짚 따위 여물거리나 짐승처럼 씹어 주린 배를 에워가며, 오뉴월에 개구리 울 듯하는 어린것들의 보채는 소리가 5리 안팎에 메아리쳐도, 겨우 동전 몇 닢뿐인 중생들의 하현달처럼 창백한 삶을, 나뭇군의 지게 장단, 꼴머슴의 군소리 가락에 맞춰 회화적(繪畵的)인 주조로 향토미처럼 읊을 수 있었던 것이 박시인의 천품이었다.

　눈물겨움을 미소로써 다독거릴 수 있었던 것, 그것은 박시인만의 여유였다. 남산골 딸깍발이(나막신)로 희롱되던 줏대 있는 지식인이 허기진 속을 맹물로 달래고, 나들잇벌이 없어 밤에나 문밖을 내다보면서도 결코 속물이기를 거부했던 옛선비의 풍모를, 그는 벌써 젊은 날의 과제로 닦고 있었던 것이다.

　그것은 해방 이듬해, 멀리 부산까지 표표한 길손으로 다녀왔던 일과도 무관할 수 없는 처신의 면모였다. 그의 부산행은 해방에 얹혀 귀국한 김소운(金素雲)을 찾아나선 길이었다. 김소운씨는 그 무렵 부산의 근교에서 농장을 벌여놓고 있었다. 박시인의 여행은 그 농장에 머슴으로 들어가는 것이 목적이었다. 새경(品값)을 받자는 것이 아니라 곡식, 채소, 과수, 원예 내지 잡초, 수풀, 벌레, 목축…… 그것을 통틀어 흙으로 집약하는 자연에의 실천적 귀의를 겨냥한 방문이었다. 고향인 강경은 장터바닥이어서 정을 붙이기가 어려웠다 해도, 홍래 누이와 함께 시어를 채종(採種)했던 내포평야를 두고 구태여 그곳을 가린 데에는 그 나름의 그럴 만한 곡절이 있

251

었다. 그것은 김소운씨에 대한 외경이었다. 김소운씨는 일제가 말기적인 조짐을 보일 즈음 일본에 살며 한국의 민요들을 일역(日譯)하여 '암파문고(岩波文庫)'로 간행하고 있었거니와, 김소운씨에 대한 박시인의 경외는 1939년에 간행된 『조선민요선집』에서 임진왜란의 침략군을 버젓이 '왜장(倭將)'이라 번역했던 뚝심(또는 애국심)에 깊이 감동을 받은 결과였다.

박시인의 농장 더부살이는 50일로 그쳤다. 겨우 한 달 보름 남짓하여 보따리를 싸게 한 것은 김소운씨 가족들과의 불화였다.

다시 한밭으로 돌아온 박시인은 썰렁한 하숙방과 백양씨의 화실, 그리고 변두리 술집마다 동인들과 출몰하는 것이 고정된 행동반경이 되었다. 그는 그러면서도 짚으로 쫌쫌히 삼은 씨오쟁이(종자 망태기)를 벽에 걸고 그것을 쳐다보면서 농장생활의 추억에 잠기곤 하였다. 그는 해마다 상강(霜降)이 지나면 흙의 향수를 달래기 위하여 그 씨오쟁이 속에 수수이삭, 조이삭, 볏모개, 옥수수, 이팥, 새알콩, 심지어는 호박씨, 분씨까지 구해다가 담아놓고 감상을 하곤 하였다.

뒷날 「여치」라는 수필에서 "세잔느의 사과는 만져보고 싶고 르노와르의 과일은 씹어보고 싶다지만, 세잔느나 르노와르의 정물화가 어찌 수수이삭, 조이삭, 옥수수…… 등의 자연의 정감을 따를 수 있으리오"라고 말할 수 있었던 것도, 흙에 대한 그리움의 오랜 앙금이었던 것이다.

박시인이 그토록 바랐던 전원생활의 두번째 기회는 1950년 여름에 왔다.

그가 동인들에게 "시인은 생활이 있어야 한다. 그러나 그 생활 자체가 시이어야 한다"고 주장한 탓이었는지, 그가 국민학교의 교사자격을 취득(제226호)했던 것도 그해 정월의 일

이었다. 생활 필수품의 조달을 위한 대책으로 미리 장만한 것
이 그것이었는데, 막상 몇 달 뒤에 그를 부른 곳은 불교재단
의 보문중학교였다. 그는 다시 분필을 쥐고 상업과 국어를
강의하였다.

그가 고대했던 전원행은 그로부터 달포도 안되어 이루어졌
다. 그는 길을 떠났다. 챙이 우그러진 밀짚모자에 푸쟁을 제
대로 하지 않아 걸렛감이 된 베잠방이, 그리고 검정 고무신을
꿴 그의 추레한 행색은 누가 보더라도 낫 놓고 기역자를 외
울 일자무식의 촌것이었다. 머리에 들은 것 없는 허릅숭이 시
늉을 하자니 그럴 수밖에 없을 일이기도 하였다. 그것이 향
리에 있던 부모와 마지막 갈림길이라는 것도 모른 채 서둘러
떠난 것이었다.

박시인이 고무신을 벗어 발바닥의 물집을 아물린 곳은 논
산군 부적면에 있던 친구네 과수원이었다. 두메의 과수원은
군식구가 하나쯤 늘어도 표가 나지 않았다. 그는 과수원 주
인집 아들의 가정교사 노릇으로 밥값을 하며 피난살이의 암
담한 나날을 죽었다 하고 견딜 수밖에 없었다.

숲속에 갇혀지내는 것이 따분하면 남의 눈을 기어 논산으
로 나왔고, 난리통에도 술독을 놀리지 않았던 반월동의 하유
상씨 집에서 불안하고 암담한 심사를 막걸리로 씻어내곤 하
였다.

그는 그런 난리에도 틈틈이 시상을 가다듬었고, 동인지나
문단과의 약속도 없는 채 '쓸모없는' 시심이나마 묵정밭으로
버려두지 않았다. 암흑시대의 노래는 예나 이제나 번지 없는
언어로서 유언비어 이상의 의미를 띠우지 않았으나, 보리(菩
提)에 가까운 정신력의 응집에서 빚어진 그의 타고난 가락은
집단적인 아픔으로 현실화한 시대상황을 초월함으로써 그 나
름의 삶을 이어갔던 주술적인 명맥이요 위안이었다.

전후(戰後)의 참상과 무질서는 부모와의 이별과 더불어 그에게도 크나큰 불행이 아닐 수 없었다. 그는 그래도 참는 데까지 참았다.

한때는 상경하여 창조사라는 출판업체에 의탁하여 교정원 노릇을 하며 고향의 비극을 미봉해 보려고도 했으나, 물리적인 파괴보다 인심의 폐허였던 삭막한 서울이 그를 그대로 용납할 리도 만무했다. 그렇다고 맥절없이 주저앉을 수도 없었다. 그는 심기일전하여 다시 대전으로 돌아왔다. 그리고 중학교 국어과 준교사 자격을 얻어 대전철도학교에 일자리를 얻으니 1955년 1월의 일이었다.

그가 천생연분을 찾은 것도 이 해의 일이었다. 전기기사의 딸로서 도립병원의 간호원으로 일하고 있던 전주 이씨 태준(李台俊)을 만난 것은, 전주 이씨와 한 집에서 살았던 원영한 씨의 권고였다. 눈이 높아서 (심미안이 탁월하여) 최상이 아니면, 차라리 남루를 원하고, 상업과목을 강의하는 직업과 달리 비상업적인 작업(문학)에 빠져 있던 그가 반대로 생산직의 근로여성을 배필로 정한 것은, 어떠한 이론도 합당치 않은 팔자소관의 조화였다.

첫날밤부터 대취하여 각시의 족두리조차 풀어주지 않고 모로 넘어가 아들 자(子)자 형으로 쓰러진 신랑의 행실을 눈여겨본 신부는, 초야부터 술로 속을 썩이기 시작하여 평생 철부지 아이(또는 아들)처럼

가을은
오십 먹은 소년
먹감에 비치는 산천
굽이치는 물머리
잔 들고

어스름에 스러지누나

——「먹감」 부분

하며 살다 갈 노란 싹수를 알아보았는지도 모를 일이었다.

이여사는 남들이 다 외면하는 시래기죽, 콩나물죽, 아욱죽, 수제비 따위만 물리지도 않는지 찾아쌓던 남편의 꼴로 장래의 고생문을 진작 내다보았거니와, 용이 날아오는데(龍來) 아호가 무엇 말라 비틀어진 것이냐던 이름과, 소띠에 정월 대보름 하루 앞이 생일이어서 일생 먹을 것 걱정은 필요 없으리라던 휑소리와 딴판으로, 나가서 나무토막 하나 주워들이지 못하던 주변머리에 미루어 애당초 가장(家長)으로서의 품위는 기대하지도 않기로 하였다.

결혼을 전후하여서 박두진(朴斗鎭)씨의 추천으로 『현대문학』지에 「가을의 노래」 「황토길」 「땅」이 소개되자, 비로소 시인으로 등단하였다 하여 당장 소원성취라도 한 것처럼 흐뭇해하며 문학에의 순절(殉節)을 다짐하는 의미로, 직장(철도학교)마저 뒤축 물러앉은 짚세기 내던지듯 하는 것을 보면서도 이여사는 숫제 말릴 생각조차 하지 않았다.

그녀는 이리 궁리, 저리 궁리, 궁리를 궁리해보았지만 아예 자신이 소매를 걷어붙이고 나서는 편이 차라리 나을 것 같았다. 이여사가 정년퇴직이 가깝도록 공직(公職)에 몸을 두게 된 역사도 이에서 연유한 것이었다.

박시인에 있어서의 문단 데뷔는 방명사해(芳名四海)의 단서라는 제도적인 절차의 불가피한 이수에 지나지 않았다. 예전과 같이 입신을 보장하던 급제(及第)도 아니었고 유지측에 편입되는 생원·진사도 아니었다. 청려장(靑藜杖)에 장죽 하나만 있으면 비과세(非課稅) 계급으로 올려주던 출신(出身)도 아니었다. 여전한 주객이었고, 여전한 실업자였고, 여전

255

한 나그네로서, 천의무봉으로 노는 손가락 흰 건달이었다.

그렇지만 한 사람의 벗이 열두 명의 소실보다 부드럽고 천석의 추수만큼의 상속보다 무거운 것이라면, 그가 전주 이씨를 만나 일가를 이룬 다음의 첫번째 보람은 한 친구와의 만남이었다.

그해(1956) 여름 어느 저녁 나절이었다. 박시인이 퇴근을 앞두고 있던 언덕배기 교무실에 웬 낯선 사내 하나가 주춤주춤 들어섰다. 검게 그을린 얼굴에 한창 유행하던 쫄쫄이 나이롱 것 하나 구경 못해본 듯한 희읍스름한 주제꼴이나 하고, 우뚝한 콧날만 아니라면 구장모조(區長募粗)한 보릿섬이나 찧어 가루것 반반으로 살아가는 두메의 학부형보다 달리 쳐줄 데가 없었다.

박시인은 그 투박하게 생긴 사내가 찾는 바람에 무엇인가 싶어 우선 초면인사부터 하였다.

"아!" 하고 그는 외쳤다. 평생의 지기지우인 임강빈(任剛彬) 시인을 만나는 순간이었다.

같은 지면(誌面)에 나란히 박두진씨의 추천을 받았다는 사실 하나만으로도 그렇게 찾아볼 이유가 충분했다고 임강빈씨는 말했다.

박시인은 교편을 잡고 있던 공주에서 그곳까지 한참 찾아온 임강빈씨를 앞세우고 구르듯이 언덕배기를 내려왔다. 임강빈씨는 시만큼이나 섬세하고 순직한 성품까지는 미리 예상한 바였으나, 몸매와 음성마저 여성적이었던 박시인의 모습은 너무도 인상적인 것이었다. 그들은 그로부터 어느 죽마고우라도 그럴 수 없을 지경으로 성 다르고 배 다른 형제간이 되었다.

"그는 조각을 하듯이 시를 썼다. 낱말 하나하나에 대한 정성은 비길 데가 없었다. 한 자 한 획도 소홀히 다룬 적이 없

고, 그는 또 누구보다도 미의식이 강했다. 행간마다 무한한
침묵의 공간미(空間美)를 깔아놓았고, 따라서 그의 시는 한
결같이 응축되어 있고, 대담한 생략법으로 짧은 시형을 택했
다”는 임강빈씨의 논평은, 박시인의 시세계를 한마디로 정리
한 가장 적실(的實)한 표현이었다.

　장녀 노아(魯雅, 1957), 차녀 연(燕, 1959)이 연년생으로 태
어나자 박시인은 처음으로 생계에 신경을 쓰게 되었다.

　그는 서둘러 한밭중학교에 취직을 했지만, 다시 생각한 바
가 있어 1년 뒤에는 당진군의 송악중학교로 자리를 옮겼다.
그 생각한 바란 무엇이었던가. 첫째는 전원생활에의 전향이
요, 다음은 타성처럼 길들여진 술타령을 절제하자는 각오였
다. 단호히 객지로 전출함으로써 종래의 이완된 생활태도를
개선하고 피로해진 심신도 활성화하자는 것이었다.

　그는 그것을 실천에 옮겼고, 그로부터 한동안은 효과를 보
기도 했다. 술을 줄이자 작품 생산에도 활기가 있었다. 세째
딸 수명(水明, 1961)이가 태어나고 제5회 충남문화상(忠南文
化賞)도 받았다.

　　바다로 가는 하얀 길
　　소금 실은 貨物自動車가 사람도 싣고
　　이따금 먼지를 피우며 간다

　　여기는 唐津 松岳面 佳鶴里
　　가차이 牙山灣이 빛나 보인다
　　발밑에 싸리꽃은 지천으로 지고.

——「佳鶴里」 전문

　시 「가학리」는 그곳의 풍물을 옮긴 한 편의 소품이지만, 발

밑에 지는 싸리꽃처럼 가정을 보류한 갈피없는 심사가 최대한으로 절제된 감정 속에서도 은연중에 호소력을 발휘한다.

옛 온주아문(溫州衙門)의 고색창연한 누각이 앞으로 5리를 지키고 해발 605미터의 듬직한 광덕산(廣德山)이 뒷전으로 5리를 지키는 송악 고을에서의 홀아비 생활은, 진 사설이 구차스러운 유적지(流謫地)의 그것이었다. 아산만의 포구를 떠나는 돛단배가 아니더라도, 돛단배를 배웅하는 갈매기의 그 소리가 아니더라도 향수에 젖은 한숨, 한숨을 채운 술잔이 아니면 견딜 수가 없는 나날이었다.

그는 버티다 못해 송악을 떴다. 두 집 살림을 꾸리기에는 힘이 부친 탓도 있었지만, 무엇보다도 못살겠던 것은 올망졸망한 어린것들의 까만 눈동자가 밟혀쌓는 일이었다.

그는 대전으로 돌아오자마자 퇴직금을 보태어 서대전 삼거리의 김장밭 머리에 삿갓만한 초가 삼간을 마련하였다.

1965년 봄, 나이 40에 내 집이라고는 처음 가져보는 철 지난 사치였다. 오류동(梧柳洞) 17번지의 15호. 대지 55평.

옆에는 허름한 제재소와 물엿 가게가 있어 마차군, 손수렛군, 지겟군이 온종일 두런두런 해동갑을 하고, 짐꾼들의 요기를 돕는 옴팡간 주막이 하나, 나귀랑 노새랑 황소랑 하품 섞인 투레질이 그치지 않던 곳. 축담 용고새 위로 고추잠자리가 뜨면 쓰르라미 번갈아 울어 해거름을 부르고, 동짓달 시래기두름이 가랑잎 소리를 할 때 처마끝의 개밥별이 깃들이 참새를 재우던 곳. 시인은 마당에 피고 지는 풀꽃을 사랑하여 자다 깨다 목침 돋우어 시를 짓고, 소꿉장난이 시들해진 아이들은 마루 끝에 엎드려 아빠의 싯귀를 도화지에 옮겼다.

박시인은 그 버섯만한 지붕 밑에 청시사(靑柿舍)라는 당호를 짓고, 졸래졸래 따라다니는 다섯 아이를 토실토실하게 길렀다.

박시인은 누구보다도 어질고 자상한 아버지였다. 이사 와서 낳은 네째딸 진아(眞雅, 1966)와 여러 해 터울의 외동아들 노성(魯城, 1971)이까지, 낳은 이는 밖에서 벌던 어머니요, 기른 이는 안에서 까먹던 아버지였다.

그는 자녀들이 예능에 뛰어난 것이 무엇보다도 기뻤다. 그는 그 중에서도 문학에 희생된 미술을 둘째가 물려받은 것에 여간 대견해하지 않았다. 연이의 그림이 전문가의 평가를 받은 것은 국민학교 3학년에 오르던 해였다. 아이의 그림이 지나다 우연히 들렀던 시인 이종학(李鍾學)씨의 눈에 띈 것이었다. 이종학씨는 시인이기 이전에 화가였고 문교부의 편수관으로 재직하고 있었다. 이종학씨가 고른 연이의 그림 두 점은 그해부터 국민학교 4,5학년용의 미술 교과서에 실리게 되었고, 그로부터 수도 없이 개편을 거듭한 교과서임에도 불구하고, 그때의 그 그림들은 15년이 지난 오늘날까지 여전히 제자리를 지키고 있는 것이었다.

아이는 노상 크레파스와 물감을 주무르고 있어 입은 것이 깨끗할 날이 없었다. 박시인은 공직에 매여 사는 아내를 대신하여 아이의 옷가지를 즐겨 주물러 널었고, 아이들이 하학해 오면 서둘러 점심상 보아 먹이는 일을 원고 집필보다도 훨씬 보람스럽게 여기고 있었다. 아니, 그가 하던 빨래, 그가 하던 설겆이, 그가 하던 씨서리(청소)는, 그의 눈물, 그의 침묵, 그의 담보와 마찬가지로 하나하나마다 미완성의 시였다.

골담초숲에서나 구름 위에 태어났어도 좋았을 무능한 아버지의 울새들이여. 새삼 너희들의 애기사 쑥스럽지만 허나 어쩌랴. 찌는 듯한 복중의 낮술 탓이랴.

맏이 이름은 노아. 노아의 방주가 아니더라도 남태평양

어느 섬에선가는 향기롭다는 뜻의 노아, 노아.

병원 창구에 앉아 온종일 주판알을 굴리다 해바라기가 좁은 담장을 한 바퀴 돌면, 총총히 돌아오는 새.

한 달에 한 번 제 먹을 만큼의 먹이를 물어오는, 애오라지 그냥 두고 봐도 좋을 화단의 꽃을, 굳이 꺾어 화병에 꽂아야 직성이 풀리는, 너는 당년 몇 살?

노아 아래는 연, 연꽃 연이 아닌 물찬 제비 연.

암록색을 가장 좋아하는 새, 나름대로 밀레의 생애를 동경하며 샤갈의 환상을 쫓는 장차 화가 지망의 고3. 국민학교 1학년 때, 1등을 하고도 울고 온 새, 성적표 순위란에 숫자가 100이 아닌 1이었기에.

세째는 수명, 산자수명의 수명, 명경지수의 수명.

아동극 경연대회에서 연기상을 탄 무대의 새(바지가 벗겨지는 것도 모를 정도로 열연을 하더니), 풀잎각시.

소망을 물을라치면 서슴지 않고 아빠의 금주를 먼저 드는 우리집 효녀?

진아는 네째, 진선미의 진, 진주알의 진.

어느 날 길을 건너다 그만 연탄 삼륜차에 치여 구사일생으로 소생한 새.

밀빛 방아개비 같은 아이, 쪼르르 쪼르, 집안의 잔심부름은 도맡아한다.

혼자 집을 보는 날이면, 다락방에 박혀 피리를 부는가. 심지어 변소 안에서도 피리를 분다(아동용이지만).

여섯 살 성이는 막동이, 만리장성의 성, 재성.

까투리 중의 유일한 한 마리 장끼랄까. 아빠는 만년 낭인이어서 엄마한테만 응석을 부리는 엄마의 새, 치외법권의 새.

방안 퉁소인 성이가 10원짜리 종이 호랑이 탈을 쓰고 으

르렁거리다 제풀에 시른둥해, 이번은 수돗가 물탱크에 장난감 통통배를 띄우더니 물장구를 치기 시작하였다. 동시에 창변에 파닥이던 울새들이 약속이나 한 듯 일제히 장단 맞춰 바다! 바다를 외치며 아우성이다.

위의 글은 1978년 가을부터 겨울까지 『문학사상』지에 연재했던 박시인의 유일한 산문인 「호박잎에 모이는 빗소리」에서 그윽한 자녀 사랑의 단면을 구구절절이 시로 엮은 부분이다.
아아, 지금도 귓결엔 듯 눈결엔 듯 선연히 떠오르는 시인의 탄식이여.
"문구야, 사람들이 나를 애보개라구 놀린단다. 내가 우리 성이 녀석을 한번 업었더니 애보개라구 놀린단다. 야, 내가 내 자식이 귀여워 업어주는 것두 흉이냐? 제 자식 업어주는 것두 흉이여? 야, 문구야. 나는 슬프냐? 너두 내가 슬프냐? 아니지? 그런데 왜 이냥 눈물이 나오지? 야, 실업자는 애두 못 업어주냐? 아니지? 나는, 나는, 행복하단다."
근처 글쟁이들이 이렇듯 지극한 부정도 모른 채 씩둑거린 소리가 섭섭하여 하소연하던 모습을 나는 잊을 수가 없다.
1973년. 그는 다시 대전북중학교에서 교편을 잡아보았지만 갑작스런 고혈압의 증세로 다시 아낙군수 자리에 복귀할 수밖에 없었다. 혼자 들어앉아 빈집이나 지키는 일이 설마 천직이었을까. 아니다. 문인의 직업은 방안에 틀어박혀 창작을 하는 것. 오대양 육대주에 어느 나라 문인이 본업(글 쓰는 일)을 뒷전에 두고 직장에 나가 세 끼 밥벌이에 허덕이더냐? 세계 만방에 오로지 이 나라만의 현실인 것을.
박시인의 처녀시집은 1969년(三愛社)에 간행되었다. 시조인 이영도 여사가 인세를 모아 그것으로 기금을 했던 '작품상'의 제1회 수상작 「저녁눈」이 『싸락눈』이라는 시집의 표제로

바뀐 것은 이태준 여사의 주장을 따른 것이었다.

  "늦은 저녁때 오는 눈발은 말집 호롱불 밑에 붐비다…… 그렇게 붐비는 눈은 소슬바람에도 앉을 자리가 없이 날리는 허벅눈인데, 당신의 시는 그렇지 않잖아요, 당신의 시는 짧고 싸라기처럼 여물고 옹골차니까 시집 제목만이라도 '싸락눈'으로 하는 게 좋겠어요."

  아내의 말에 박시인은 고개를 끄덕였다.

  그 다음 시집은 이듬해에 『청와집(靑蛙集)』이란 제목으로 나왔다. 개인시집이 아니라 대전 지역의 시인들인 한성기(韓性祺), 임강빈(任剛彬), 최원규(崔元圭), 조남익(趙南翼), 홍희표(洪禧杓) 제씨와 합동한 6인의 공저였다. 1975년에는 임기 2년의 한국문인협회 충남지부장에 피선되었고, 이어서 제2시집인 『강아지풀』이 민음사(民音社) 기획인 '오늘의 시인총서'의 하나로 간행되었다. 그는 그와 아울러 한국시인협회 회원으로, 『현대시학』지 신인추천위원으로 바깥 활동에도 다소 관심을 보였는데, 그의 문학과 그 위치를 알고 있던 '문단속의 식자(識者)'들에게 어이없는 웃음거리가 발견된 것도 그 즈음의 일이었다. 『현대문학』지가 지령 200호 기념으로 '현역시인 100인 시선'을 특집할 때, 편집책임자였던 조씨와 그 하수인들이 장난질을 하여, 박시인을 '시인 100명 축에도 못 끼는' 듯이 제껴놓은 것이 그것이었다. 세칭 문단정치의 더러운 먼지가 200리 밖에 외따로 있던 박시인에게까지 날아간 것이었다.

  박시인의 세번째 시집은 1979년 문학예술사(文學藝術社)의 '현대시인선집'으로 간행되었다. "연륜과 더불어 무르익은 작품들이므로 시집 제목도 반백(半白)을 시사하도록 짓는 게 좋겠다"는 홍희표씨의 건에 따라 『백발의 꽃대궁』이라는 표제를 달았다.

1973년 부인이 은행돈을 얻어 까치둥지마냥 허술하던 초가부터 헐고 석조 슬라브의 현대식 주택을 신축하자, 박시인은 끝내 달갑지 않은 표정을 지었다. 그리고 가끔 가다 부인에게 투정을 부렸다. 초가와 축담이 헐리고부터 시상이 건조해져 간다는 것이었다. 그는 그것을 트집하여 변두리 농촌으로 주거를 옮기자고 주장하였다. 부인은 박시인의 주장을 이해하고 있었지만, 다섯 아이의 학교길이 해결되지 않는 한은 불가능한 일이었다.

그는 여전하여 하루라도 술을 가까이하지 않으면 살 수가 없었다. 술의 우정을 무엇에 비겨 말하랴.

그가 술을 끊지 못한 데에는 그의 집이 실업자들의 정거장 역할을 해낸 까닭도 있었다. 아무고 전화만 걸면 언제나 직접 받아주던 집안의 불침번이었으니, 남에게는 하릴없는 아랫목 귀신으로밖에 달리 보일 데가 없었던 것이다.

그는 청탁을 가리지 않고 아무 술이나 되는대로 마셨다. 무슨 술에나 안주를 않는 '깡술'이었다. 안주를 걸터듬어 허발하고 욱여먹는 인간은 더욱 근천스러워 못 본다며 능멸을 하던 그였다. 남의 술주정은 절대로 못 보는 성질이면서도 본인이 취하면 주사를 부렸고 그 주사는 일쑤 집안굿으로 커나가곤 하였다. 부인은 조산원(助産員)이기도 했다. 일감 자체가 대중이 없음에 부업은 아니었지만, 때없이 대문을 두드리는 일이 있고, 그것도 흔히 남 다 자는 오밤중에 있기 쉬운 사항임에 부인은 퇴근 후에도 정신적인 긴장을 아주 풀 수가 없었다. 그런데 박시인은 그와 반대였다. 언제나 낮잠이 넉넉해 밤잠을 모르던 그였으니 시간 개념을 떠나 자정에도 술을 찾던 것은 도리어 당연한 일이었다. 따라서 박시인 부부는 만날 그 타령이 장타령이었고, 칼로 물베기 실습도 되도록이면 가끔 가다 한 번씩 하려고 노력하지 않으면 아니

되었다.

그러한 그에게도 한 가지 분명한 것은 있었다. 술이 깬 다음날 아침이면 세상없어도 거르지 않던 첫 일과가 전날처럼 금주를 선언하는 일이었다. 그리고 금주선언이 있은 날은 반드시 술을 마셨다. 곤죽이 되고 억병이 되도록 마셨다. 작심 삼일이 아니라 결심 한나절이었다. 그러므로 금주선언식은 단 한번을 제외하면 연중무휴의 만년사업이었다.

단 한번, 그것은 어느 해의 일이었다. 하루는 무슨 바람이 불었는지 자진하여 술을 끊기 시작하였다. 그것은 아이들조차 혀를 내두를 정도로 기막힌 기적이었다. 아이들은 신명이 나서 첫날부터 달력에 동그라미를 그려 나갔다. 하루, 이틀, 사흘, 나흘…… 열흘…… 보름…… 스무날! 아이들은 달력 속의 동그라미가 20개를 기록하자 감격에 겨운 나머지 만세를 불렀다. 아이들은 아버지의 금주 20일 돌파 기념식을 그 만세 삼창으로 대신하였다. 박시인 자신의 흐뭇함도 무엇에 비길 수가 없을 정도였다. 그는 자기도 자축을 하지 않으면 안될 것 같았다. 모처럼 느껴보는 성취감이었으니까. 그리하여 그는 마침내 소주 한 병을 사다가 금주 20일 돌파 기념으로 자작술을 마시게 된 것이었다.

그런데 이 주선의 집은 뜻밖에도 술잔 하나가 남아나 있지 않았다. 이유는 간단했다. 박시인 자신이 매일 아침 금주선언식을 하면서 술잔 비스름하게 생긴 것이면 보이는 족족 박살을 내는 것으로 순서의 첫머리를 삼았기 때문이었다. 부인도 열심히 거들어 술잔을 없앴다. 안팎에서 앞을 다투어 술잔 타도운동을 벌이니 무엇이 남아났을 것인가. 어찌 술잔뿐이었으랴. 술잔으로 둔갑하기 쉬운 찻잔, 김치보시기, 숭늉종발까지도 안방의 식민통치정책에 횡액을 당해 한갓 사금파리의 신세를 면할 수가 없었던 것이다.

아무려나 자고로 술꾼치고 그릇이 없어서 술을 못 마신 법은 없었다. 세조조에 정승을 지낸 이사철(李思哲, 1405~1456) 같은 이는, 청년 시절에 친구들과 술 한 병씩을 들고 삼각산으로 놀러 갔었는데, 가서 보니 잔이 없어 새로 사 신은 친구의 가죽신을 벗게 하여 신짝에 술을 따라 마셨다는 기록도 있다.

박시인에게도 궁즉통(窮則通)의 요령이 있었다. 그는 홍희표씨와 같이 흉허물이 없는 젊은이가 찾아올 경우 걸핏하면 접시에다 술을 따라 마셨다. 무릇 고추장, 집장, 된장 등을 담았던 반찬 접시가 일거에 술잔으로 승격을 하던 것이었다.

아아, 1975년 겨울의 늦은 저녁때에 오던 눈발을 나는 또한 잊을 수가 없다. 박시인이 그리워 대전에 내려왔던 나는 연이틀 흐드러지게 퍼붓던 눈발 속에서 이틀 낮 하룻밤을 그와 마주앉아 술로 살은 일이 있다. 그때는 임강빈씨도 잠깐 동석을 했었으니 박시인과 달리 절제력이 강한 임시인은, 새벽 해장술로 막걸리 다섯 되를 마시고도 눈썹 하나 잇긋 않고 8시 30분에 일어나 출근하던 강단을 살려 그날도 일찍 자리를 떴었다.

우리는 아침 해장술이 낮술, 낮술이 저녁술이 되도록 판을 벌이고 있었다. 술판이 오래 간 데에는 아무 이유가 없었다. 그저 전례에 따른 것이었다. 만난 것이 즐거워 눌러앉은 거였고, 술값이 넉넉하여 붙어앉아 있었고, 헤어지기가 섭섭하여 안 일어났을 뿐이었다.

이윽고 작별을 결심하였다. 나는 박시인을 오류동 삼거리 집 앞까지 모시고 가서 작별인사를 하였다. 그는 인사를 받지 않았다.

"야, 너 여기까지 왔으니 이동녯 술 딱 한잔만 하고 가거라. 니가 그냥 가면 나 오늘도 밤새 울 거야. 울고 말 거야."

하면서 두 손으로 얼굴을 감싸는데, 겨우 뜨막해졌나 싶던 울음보가 도로아미타불이었다. 나는 별수없이 박시인을 모시고 바로 앞의 옴팡간으로 들어갔다. 우리가 들어서자 내동 왁자지껄하던 술꾼들이 일제히 고개를 숙이며 입을 다물었다. 지겟군, 마차군, 손수렛군, 품팔잇군, 거간군…… 그들은 쏟아지는 눈발에 하던 일을 품멘 채 술추렴으로 얼젖은 기분을 눅이고 있던 막벌이 계층이었지만, 시인의 눈물 앞에서는 숙연히 있어 주는 것이 그 나름의 예우로 여기던 눈치였다. 그들은 박시인의 눈물을 자기들의 슬픔으로 가져가는 것이 역연하였다. 우리는 그들과 술을 나누었고, 그들은 그들의 설움을 주인 내외와 더불어 나누었다. 안노인은 술국을 데우고 바깥영감은 담배를 권하였다. 집안굿이 벌어져 박시인이 고군분투할 때마다 으레껀 외세(外勢)로 뛰어들어 곧잘 문지방 하나 사이의 휴전선을 그어주던 솜씨였다.

자녀들이 방학을 하면 박시인도 함께 방학을 맞았다. 그는 홀가분한 마음으로 시골길을 걷거나 묻혀 있는 친구들을 찾았다. 회덕에서 가마를 지키는 도예가 이종수(李鍾秀)씨와 논산의 재야 화가 강성열(姜聲烈)씨는 조각가 최종태(崔鍾泰)씨 못지않게 박시인의 미술 쪽 양식이었다. 안성의 시인 윤범하(尹凡河), 공주의 시인 조재훈(趙載勳), 나태주(羅泰柱)씨는 박시인만이 아끼는 후배였고, 군산의 시인 이병훈(李炳勳)씨는 고은(高銀) 시인과 함께 50년대 이래의 지우였다.

홍희표씨는 유성 온천 쪽의 과수원 길, 신탄진 근교의 보리밭 길을 안내하는 착실한 길나장이였다. 홍희표씨는 사라져가는 것, 잃어져가는 것이 박시인의 손으로 재생되는 기쁨보다도, 박시인의 건강이 차츰 닳아져가는 기미가 항상 염려스러웠다.

  홍희표가 아는 한, 박시인이 술을 두려워하던 모습은 단 한 번밖에 없었다.

  시인이기 이전에 기인이었던 김관식(金冠植)씨가 술에 쓰러져 더는 못 일어나던 해의 일이었다. 김관식씨는 몸이 완전히 무너진 뒤에야 대전에서 한의원을 하고 있던 형네 집에 머물며 본격적인 치료를 해보려고 하고 있었다. 어느 날, 박시인은 홍희표씨로 길잡이 하여 김관식씨를 문병하게 되었다. 박시인은 오직 술로 재기불능이 된 김관식씨를 보자 눈앞이 아찔한 모양이었다. 김관식씨는 몸도 못 가누는 경황에도 형수에게 술상을 보아 오도록 하였다. 명함에 아무것도 없이 ‘대한민국 김관식’이라고만 박아 다녔던 왕년의 객기가 아직도 남아 있다는 투였다. 술상이 나오자 김관식씨는 박시인을 향하여

  “나는 안되니께 형님이나 한잔 드슈. 어서 한잔 따라 자시라니께!”
하고 자못 명령조로 말했다. 공식 석상에서까지 문단의 대선배인 박종화씨에게

  “박옹, 요새 야담 많이 쓰더군.”
하며 예사로이 야유했던 것을 비롯, 문단의 선배요 중신아비 겸 손윗동서인 서정주씨를 ‘서군’으로 부르고, 마름 아들 동서보다 양반이 먼저라며 조지훈씨부터 세배를 가되 깍듯이, 그리고 유일하게 ‘선생님’이란 호칭을 쓰던 괴짜가 김관식씨였다. 그렇듯 백년에 하나 있을지 말지 한 험구로부터 ‘형님’ 대접을 받을 수 있었던 것은, 김관식씨가 강경상업학교의 후배였던 점도 있지만, 아무 허위의식이 없이 생긴 그대로 순진무구하게 살아가는 대인(大人)의 풍골에 스스로 아우를 자처했는지도 모를 일이었다.

  박시인은 김관식씨의 권유에 못 이겨 술잔을 들었다. 술잔

을 든 손이 부르르 하고 떨렸다. 박시인이 술을 마시기 시작
하자 넋 놓고 눈요기만 하고 있던 김관식씨의 목젖에서 꿀꺽
하고 침 넘어가는 소리가 저리 물러나 있던 홍희표씨의 귀에
까지 그대로 들렸다. 박시인이 마신 것은 한(恨)이요, 김시
인이 마신 것은 주정(酒精)이었고, 홍시인이 느낀 것은 시인
이 시를 침묵으로 읊을 때 목에 꿀떡 소리가 절로 난다는 사
실이었다.

　박시인은 시골이 좁다고 느껴질 때마다 서슴없이 서울로
달려왔다. 집에서나 입는 와이셔츠 바람으로, 때로는 맨발에
슬리퍼를 신은 채로 청진동과 광화문을 누비고 다녔다. 네가
보고 싶어서, 또는 누구 목소리가 듣고 싶어서, 산책을 나왔
다가 그참 첫차를 탔다는 것이었다. 그렇다고 만나던 사람이
여럿이냐 하면 그것도 아니었다. 시인 박재삼(朴在森), 박성
룡(朴成龍), 임홍재(林洪宰), 최종태 교수, 그리고 나를 만
나는 것이 고작이었다. 고은씨 댁의 마당 잔디밭에서 밤새워
술을 벗하고, 새벽부터 재판소 옆에서 기다려 이호철(李浩
哲)씨의 변론을 방청하고, 신경림(申庚林)씨와 고량주를 마
시고 조태일(趙泰一)씨에게 넥타이를 풀어준 일. 박성룡씨
댁에서 낮술에 취해 임홍재씨의 부축을 받으며 삼청동을 헤
매고, 이문동의 박재삼씨 댁에서 새벽 해장국으로 속을 풀며
함께 조간 신문을 보던 일들……그때마다 박시인의 옆에는 늘
내가 있었다. 마치 경호원처럼. 다시는 그 뒤를 이을 자가 없
으리라. 사철나무처럼 변할 줄 모르던 시인의 외출.

　내가 박시인을 알은 지도 10년. 그동안 그는 누구보다도 나
와 자주 만난 터이지만, 그가 뚜렷한 목적으로 상경한 것은
내 기억에서 열 번을 넘지 않는다. 한번은 낮술에 거나한 채
나를 찾아온 적이 있었다. 나는 나보다도 먼저 만난 이가 있
다는 것이 의아스러워

"누구랑 만나셨기에 벌써 한잔 하셨읍니까?"
하고 물었다. 그가 대답했다.
"박선생(박목월) 문병도 끝났고, 한잔 안헐 수 있겠네?"
박목월씨가 혈압이 안 좋아 한양대학병원에 입원을 하고
있을 때였다.
"그래 박선생께는 뭐라고 위로를 하셨읍니까?"
"선생님은 욕심이 너무 많아웃! 했지."
욕심이 많다는 것은 육영수 여사의 전기를 쓴 것을 뜻했다.
하루는 자정이 다 되었는데 대전에서 전화를 하였다. 불문
곡직하고 이튿날 아침 9시까지 서울역으로 나와 달라는 것이
었다. 웬일인가 싶어 시간에 대어 가보니 딸들이 떠준 벙어
리 장갑을 낀 채 가슴을 안고 집찰구 앞에서 서성대고 있었
다.
"웬일이십니까? 그리고 그 가슴은?"
"돈이여. 우리 연이 등록금. 이번에 이화여대 미술과에 입
학하거든."
"그런데, 왜 가슴을……"
"떨려서. 40만원이 넘는디, 나는 이런 큰 돈은 생전 처음 만
져보거든."
박시인은 70년대 말기부터 차츰 고향으로 발걸음을 하였
다. 산업시대와 함께 내리막길을 치달려 장터로서의 위신을
잃어버린 강경——그는 바야흐로 기울어가는 고향의 낙조(落
照)에 착잡한 감회를 느꼈다.
"밀물에／슬리고／／썰물에／뜨는／／하염없는 갯벌／살더라,
살더라／사알짝 흙에 덮여／목이 메는 백강 하류(白江下流)／
노을 밴 황산(黃山)메기／애꾸눈이 메기는 살더라,／살더라."
(「黃山메기」 전문)
고향에 남은 엣것은 산업시대의 공해에 병들어 생태변화를

일으킨 불구의 메기였다. 이 "노을 밴" 불구의 메기는 누구인가? 초로(初老)에 접어든 시인의 뒷모습이 가슴을 뭉클하게 한다.

1982년 2월 7일. 나는 작가 강순식(姜順植)씨와 더불어 박시인의 추모여행을 하였다. 이날은 바로 박시인의 생일이기도 하였다.

보름나물과 부럼을 맷방석마다 늘어놓은 중앙동은 이제 변두리로 변해 '구장터'로 불리우며 오가는 이가 드물었고 "저축예금에 이율 대폭인상! 하루만 맡기셔도 100만원에 400원 이자!"라고 씌인 농협의 현수막만이 초라한 색깔로 너펄거릴 뿐이었다. 갈숲이 어지러이 나자빠진 위로 시커먼 생활 폐수가 흐르는 황산천 위의 황산교 옆에는 일찍 깃들이 한 까치둥지가 그 위의 낮달과 한 쌍이 되어 강바람에 흔들리고, 황산천 둑에는 가을에 못 치운 새우젓·황새기젓 드럼통이 시뻘겋게 녹슨 채, 켜켜르 앉은 먼지에 묻혀 긴 겨울잠을 들고 하는 말이 없었다. 그 놀묏내를 따라가면 서창동 서편나루, 그곳은 나루가 아니었다. 좌초된 폐선들이 겹겹이 누운 조각배들의 공동묘지였다. 칠산 앞바다의 조기와 흑산도 홍어로 만선을 한 중선들이 금강을 메웠던 북옥항(北玉港), 그러나 오늘은 오염된 메기와 붕어를 건져내는 그물들이 해설픈 서녘 하늘에 기대어 시들어가고 있을 뿐이었다. 시인의 옛동산 옥녀봉(玉女峰)은 그래도 아직 그 모습이 남아 여남은 그루의 고목과 오막살이 초가 예닐곱 채를 벼랑 아래에 감추고 있었다. 옥녀봉 발뿌리의 북옥 선창에는 닻줄 내린 목선이 스무남은 척, 마상이(통나무배)보다 나를 것 없는 잉어낚배들도 붉어가는 노을에 젖어 취한 듯이 뒤뚱거렸다. 거룻배가 강심을 헤치는 위로 갈매기의 활갯짓이 어지럽고, 넝마처럼 흩어진 잔설 무더기를 스치며 강아지 두어 마리가 바삐 달렸다.

“여보, 구장터 욕보네 집이 워디다요?”

종일 두고 벌은 것 톡 털어 탁배기 한잔으로 얼근해진 번데기 장수더러 강순식씨가 물었다.

“욕쟁이 여편네 찾소? 따러오유.”

질어터진 골목을 외오 도니 술집 서넛이 의좋게 마주보고 있었다. 박시인이 자주 다닌 곳은 가운데의 서산집. 영업허가증을 홀끔 보니 주모의 이름은 박종선. 논뙷들 조선감자같이 우둥퉁한 몸매에 파뿌리를 인 여인, 욕쟁이는 바로 그녀였다. 그녀는 자기 또래의 아낙네와 소주를 홀짝이다 말고

“워디서 투가리 같은 것만 두 것이나 온댜?”

하며 우리를 마뜩찮다는 듯이 쳐다본다.

“투가리 같은 게 뭐요. 황산벌 배추꼬리마냥 미끈한 미남더러……”

“미남? 장마에 밀려와서 미남이냐?”

“어여 술이나 주셔. 늦으면 옆댕이 옴팡집으루 갈랑께”.

“옴팡집에 가서 옴팍 빠져 뒈질 놈…… 제 발루 기어온 놈이 맨입으로 가는 꼴 못 봤다. 냄의 집 새끼들 걸어 멕이다가 나만 버렁빠지겄당께.”

주모는 마치 동냥아치에게 공술이라도 주는 양 계속 걸게 씨월거렸다.

“그런디 늬덜은 워디서 뭣 땜이 온 것들이냐?”

“사람 좀 찾아보러 왔시다. 글 쓰는 사람……”

“이런 무식헌 것들…… 글씨 쓰는 늠은 대섯방에 가야 있지.”

“성은 박씨고…… 시인이오.”

“시끄러, 작것아. 시인은 가고 시러배들만 싸가지 읎이 뫼여든당께.”

“그러지 말고 박시인이 와서 놀던 얘기나 해보시라니까요.”

"이런…… 술집에 오너(와서) 술값 빼구 갈라는 잡늠두 다 있네."

하고 주모는 잠시 뜸을 들였다가 박시인이 시낭독하던 시늉을 한자락 펼쳤다.

"꼭 애들 같은 사램이지…… 늙은 애기여…… 저 옥녀봉이랑 놀뫼나루를 가리키며 이러구 저러구 해쌀 때는 영낙읎는 철딱쇵인디, 그래두 이런 세상에 그런 이를 워디서 귀경허겄냐?"

주모는 강경읍내의 마지막 유물이기가 쉬웠다. 박시인은 이 주모를 통하여 자기 세대의 잔영(殘影)을 음미했을 거였다.

얼마 후, 우리는 대전행 직행버스에 허전한 몸을 실었다. 황산벌로 치달리는 버스를 따라 열나흘 강경 달이 추위도 잊은 채 공연히 뒤쫓아오고 있었다. 들판에서는 논두렁에 쥐불을 놓는 조무라기들의 불깡통이 어려서 본 도깨비불처럼 허공에서 맴돌고 있었다. 추억을 돌리는 그 불꽃들은, 놀뫼에 비껴 있던 저녁놀보다도 훨씬 붉어 보였다.

바람이 불고 있읍니다. 연사흘. 햇볕은 여전한데.

오랫만이군요. 그동안 가내 두루 안녕하십니까.

난 참으로 운수 나쁜 날, 우연한 춘사(椿事)로 근 90일을 병원 신셀 지다가, 집에서 가료하다가 이제는 겨우 혼자서 사탑(斜塔)처럼 기우뚱거리며 화장실 출입은 합니다.

문득문득 형의 모습 그리워 바람 부는 날, 이렇게 펜을 들었읍니다. 의무는 아니지만 언젠가는 꼭 가야 할 형의 고장, 행정(杏亭) 마슬을 오늘은 참기로 합니다.

다구치는 한파에 부디 건승하소서.

——1980년 晩秋 靑柿舍 용래

박시인의 이 마지막 서한도 받아보지 못한 채 나는 신문을 통하여 뜻밖의 부음을 들었다. 엽서에는 10월 31일자 서대전 우체국의 일부인이 찍혀 있었다. 따져보니 이 엽서가 행정리에 도착한 것은 내가 이삿짐을 꾸려 추럭에 싣고 행정리를 떠나던 날(11월 2일) 오후나 아니면 그 이튿날이었다. 평소 사람 노릇을 못하고 살다보니 박시인이 교통사고를 입어 삼복 염천에 석 달이나 병상생활을 한 것조차도 까맣게 모르고 지낸 것이었다.

박선생은 나에게 마지막 엽서를 보낸 지 20일 만인 11월 21일 오후 1시, 당신이 늘 "어둡기 전에 떠나야지" 했던 대로 한낮에 영면을 하였다.

기브스 한 다리로 택시를 불러 교통사고가 났던 도마동 로터리를 한 바퀴 돌아보고 들어와 이내 심장마비를 일으킨 것이었다.

아아, 그리하여 시인은 갔다. 산문을 써도, 편지를 써도 시로 씌어졌던 천생의 시인은 갔다. 주옥 같은 작품들을 백세의 유산으로 남겨놓고 어둡기 전에 갔다.

경부고속도로와 백마강의 한 줄기가 나란히 내려다보이는 충남 대덕군 산내면 삼괴리 천주교 묘지 양지바른 언덕에, 선생의 유택은 오늘도 한 편의 시처럼 풀꽃을 가꾼다.

충남문인협회장으로 모신 영결식은 조남익 시인의 사회로 약력보고(金大炫), 추도사(崔元圭), 고인의 시낭독(朴成龍), 조시(任剛彬), 분향(朴在森, 朴喜宣, 羅泰柱, 申正植, 李文求……)의 순서로 엄숙히 거행되었다.

그리움에 다함이 없어 이 행장기를 짓는다.

年　譜

1925년　음력 1월 14일, 忠淸南道 論山郡 江景邑 本町里에서
　　　　小地主이며 儒生인 朴元泰와 金正子 사이의 3남 1녀
　　　　(鳳來・鶴來・鴻來・龍來) 중 막내로 출생. 本貫은
　　　　密陽. 호적상의 본적인 忠南 扶餘郡 扶餘面 官北里
　　　　70번지는 家鄕이며, 8월 14일로 된 생년월일은 출생
　　　　신고 당일의 날짜임.

1934년　江景邑 中央普通學校 입학.

1939년　중앙보통학교 졸업. 江景商業學校 入學. 학업과 품
　　　　행의 모범생이었고 미술반장으로서 미술에 특기를 보
　　　　임. 명랑・활달한 성격으로 日人 담임교사의 총애를
　　　　받았고, 여름방학 때 渡日하는 담임선생을 따라 담
　　　　임선생의 고향인 鹿兒島 여행을 계획했으나 여수항
　　　　에서 '조선인'으로서의 渡航證이 없어서 도일을 포
　　　　기함. 이로써 망국민의 비애를 처음 경험함.

1940년　읍내 黃山橋 너머로 出嫁했던 鴻來 누이가 初産의
　　　　産苦로 사망함. 이 충격으로 삶에 회의를 품기 시작
　　　　하고 내성적인 우울한 성격으로 돌변하였으며, 감상
　　　　주의적인 문체로 사춘기 남녀의 인기를 독점하고 있
　　　　던 吉田絃次郎의 『田園日記』및 여행기를 탐독함.
　　　　그러나 강인한 성격은 여전하여 학교대표 정구선수
　　　　로 활약.

1943년　江景商業學校를 전교 수석으로 졸업. 3학년 때는 大
　　　　隊長으로서 탁월한 통솔력을 발휘하였으나 강경읍내
　　　　여학생들의 유혹에는 달아나기에 바빴던 수줍은 성
　　　　격이었고, 우울할 때에는 시를 습작하기도 함. 朝鮮

銀行(韓國銀行 前身) 군산지점에서 형식적인 면접을 마치고 서울의 본점근무 발령에 따라 상경. 처음 주어진 임무는 소각장에 넘겨지는 헌돈을 헤아리는 일이었던바, 은행원으로서 염증을 느끼기 시작한 것도 이와 관련이 깊음.

1944년 블라디보스독행 조선은행권 현금 수송열차의 입회인을 자청하여 두만강을 건너갔다 옴. 長城炭鑛의 토목기사였던 伯氏의 사직으로 백씨 가족의 생활비를 대는 일에 벅차서 합리적인 생활을 도모하고자, 조선은행 대전지점 개설에 따라 대전지점으로 전근. 인구 5만 명의 대전은 원했던 전원도시 생활의 최적지여서 만족하였음.

1945년 7월초, 징집영장을 받고 사직. 8월 14일 대전역을 떠나 군용열차편에 실리어 상경. 이튿날 용산역에 도착하여 해방을 맞이함.

1946년 일본에서 귀국하여 부산 교외(동래)에서 농장을 시작한 金素雲 선생을 방문, 50일 간 농장에서 일하면서 문학을 이야기함. 계룡산의 사찰과 부여 일대 백제의 유적을 답사하면서 시를 습작. 丁薰, 李在福, 朴喜宣, 河有祥, 元英漢 등과 '枾栢詩人會'를 조직하고 동인지 『枾栢』의 간행과 함께 시를 발표함. 湖西中學校 교사로 취임하여 국어와 상업을 강의. 특히 동료교사인 화가 白洋씨의 아틀리에에서 미술과 음악에 심취함.

1948년 대전 普文中學校 교사로 전근.

1950년 국민학교 교사 채용시험 합격. (제 226호) 6·25 동란 발발. 논산군 부적면 김학중씨의 과수원에서 가정교사를 하면서 피난생활. 난리 중에도 논산읍내 하유

상의 집에서 飮酒를 하면서 암담한 시절을 보냈으며
사변중에 부모를 사별함.

1953년 상경하여 도서출판 創造社의 편집원으로 근무.

1954년 대전으로 돌아옴.

1955년 중학교 국어과 준교사 자격을 취득. 대전철도학교
(현 中都工高) 교사 취임. 친구 원영한의 중매로 全
州 李氏 台俊과 결혼.

1956년 대전철도학교 사임. 부인, 간호원으로 복직. 1955년
『現代文學』에 「가을의 노래」로 朴斗鎭 선생의 첫 추
천을 받은 뒤 이어서 이해에 「黃土길」「땅」으로 3회
추천을 완료하여 문단에 오름. 평생의 知友 任剛彬
과 만남.

1957년 長女 魯雅 출생.

1959년 次女 燕 출생.

1960년 한밭중학교 교사 취임.

1961년 唐津郡 松岳中學校 교사로 전근. 三女 水明 출생.
제 5 회 忠淸南道 文化賞 수상.

1965년 송악중학교 사임. 大田市 五柳洞 17-15번지에 정착.
宅號를 靑柿舍라고 自號함.

1966년 四女 眞雅 출생.

1968년 次女 燕의 그림 2점이 국민학교 5,6학년 미술 교과
서에 수록되자 자신의 미술적 재질이 자녀에게 전수
된 것에 기대를 함.

1969년 韓國詩人協會 주관의 '오늘의 韓國詩人選集'으로 첫
시집 『싸락눈』(三愛社) 출간.
「저녁눈」으로 『現代詩學』 제정 제 1 회 작품상 수
상.

1971년 韓性祺, 任剛彬, 崔元圭, 趙南翼, 洪禧杓 등 대전의

시인들과의 6인 시집 『靑蛙集』(韓國詩人協會) 출간.
長男 魯城 출생.

1973년 대전북중학교 교사 취임. 고혈압의 증세로 수개월 후 사임.

1974년 韓國文人協會 忠南支部長 被選.

1975년 '오늘의 詩人叢書'로 제2시집이자 詩選集인 『강아지풀』(民音社) 출간.

1978년 『文學思想』에 에세이 「호박잎에 모이는 빗소리」 연재.

1979년 '現代詩人選'으로 제3시집 『白髮의 꽃대궁』(文學藝術社) 출간.

1980년 7월, 교통사고로 3개월 간 입원 치료.
10월, 長女 魯雅 出嫁.
11월 21일 오후 1시, 심장마비로 자택에서 별세. (향년 55세) 忠南文人協會葬으로 永訣. 大德郡 山內面 三槐里 天主敎 墓地에 安息.
12월, 死後, 詩 「먼 바다」와 시집 『白髮의 꽃대궁』으로 『韓國文學』 제정 제7회 韓國文學作家賞 수상.

1984년 10월, 朴龍來 詩全集 『먼 바다』(創作과批評社) 출간.
10월 27일, 大田 寶文山 國民公園에서 朴龍來詩碑 除幕.

(李文求 作成)

창비시선 45

먼 바다

초판 1쇄 발행 / 1984년 11월 5일
초판 15쇄 발행 / 2025년 11월 24일

지은이 / 박용래
펴낸이 / 염종선
펴낸곳 / (주)창비
등록 / 1986년 8월 5일 제85호
주소 / 10881 경기도 파주시 회동길 184
전화 / 031-955-3333
팩시밀리 / 영업 031-955-3399 편집 031-955-3400
홈페이지 / www.changbi.com
전자우편 / lit@changbi.com

ⓒ 박진아 1984
ISBN 978-89-364-2045-1 03810